KB005405

# 치킨에 다리가 하나여도 웃을 수 있다면

# 치킨에 다리가 하나여도
# 웃을 수 있다면

2018년 12월 21일 초판 01쇄 인쇄
2019년 01월 03일 초판 01쇄 발행

지은이            박사
일러스트          허안나

발행인            이규상
단행본사업본부장    임현숙
편집장            이소영
책임편집          김보람
디자인팀          고광표 장미혜 손성규
마케팅 1팀        이인국 전연교 허소윤 윤송
영업지원          이순복

펴낸곳            ㈜백도씨
                출판등록    제2012-000170호(2007년 6월 22일)
                주소       03044 서울시 종로구 효자로7길 23, 3층(통의동 7-33)
                전화       02 3443 0311(편집) 02 3012 0117(마케팅)
                팩스       02 3012 3010
                이메일      book@100doci.com(편집·원고 투고) valva@100doci.com(유통·사업 제휴)
                블로그      http://blog.naver.com/h_bird    인스타그램  100doci

ISBN  978-89-6833-199-2  03810
ⓒ 박사, 2019, Printed in Korea

이 도서의 국립중앙도서관 출판예정도서목록(CIP)은 서지정보유통지원시스템 홈페이지(http://seoji.nl.go.kr)와
국가자료공동목록시스템(http://www.nl.go.kr/kolisnet)에서 이용하실 수 있습니다.
(CIP제어번호: CIP2018041694)

# 치킨에 다리가 하나여도 — 웃을 수 있다면

왜 이리 되는 일이 없나 싶은 당신에게,
오스카 와일드의 말 40

박사 지음

허밍버드

**일러두기**

1 이 책에 실린 오스카 와일드의 문장 대부분은 Oscar Wilde, 《Oscar Wilde's Wit and Wisdom》, Dover Publications, 2012을 번역하여 수록하였습니다.

2 그 외의 문장은 아래에서 인용하였습니다.
오스카 와일드, 박명숙 옮김, 《심연으로부터》, 문학동네, 2015
앙드레 지드, 이효경 옮김, 《오스카 와일드에 대하여》, 글항아리, 2015
페터 풍케, 한미언 옮김, 《오스카 와일드》, 한길사, 1999

# 위트와 냉소의 힘,
# 우리를 가볍게 들어 올리는 힘

'개의치 않다'의 반대말은 '개의치다'일까? 찾아보니 '개의하다'라는 말이 있다. 어떤 일 따위를 마음에 두고 생각하거나 신경을 쓰는 것이라는데, 뭐지? 우리 일상은 개의하게 하는 것으로 가득 차있잖아! 어쩐지 개의치 않다는 말은 많이 보이지만, 개의하다는 말은 거의 보이지 않는다 했다. 세상이 공기로 가득 차있으니 아무도 공기에 신경 쓰지 않는 것과 같은 거였구나.

공기는 우리를 숨 쉬게 해주지만, 개의하게 하는 것들은 우리를 피곤하게 만든다. 하지 못한 일이, 어제 내뱉은 말이, 동료의 어두운 표정이, 통장의 텅텅 빈 메아리가, 답장 없는 문자 메시지가, 변기의 시원치 않은 내려감이, 며칠 묵은 김밥의 신맛이, 자꾸 꺼지는 핸드폰이, 애인의 습관적 한숨이, 읽음 표시가 사라지지 않는 카톡이, 웃는 이모티콘이 없는 댓글이, 술만 마시면 끊기는 필름이, 값은 비싸지는데 점점 양은 줄어드는 치킨이, 새벽에 한 통 와있는 부재중 전화의 목록이…….

거기에 "다 잘 될 거야", "괜찮아", "개의치 마"라는 무책임한 위로는 또 다른 개의함을 더한다. 뭐가 잘 될 거라는 거지? 어째서 괜찮다는 거지? 개의하고 싶어서 하는 게 아니잖아, 라는 토를 달고 싶은 마음을 꾹꾹 누르다 보면 뱃속의 개의함들이 쌓이다 못해 단단한 지층을 형성한다. 몸이 한층 더 무거워진다.

그럴 때 오스카 와일드를 만나자. "젊을 때는 인생에서 돈이 가장 중요하다고 여겼는데, 나이가 들고 보니 그게 사실이었잖아!"라고 그가 말할 때, 내가 돈만 밝히는 속물이었나? 싶은 의구심이 포롱, 하고 사라진다. "삶에는 두 가지 비극이 있다. 하나는 원하는 것을 갖지 못하는 것이고, 또 하나는 원하는 것을 갖는 것이다"라는 그의 말에 피식, 웃으면서 혜안의 불이 반짝 켜진다. 욕망이 놓아진다. 내 안에 있는 속물근성과 점잖은 도덕군자인 체하는 마음과 내 초라함이 밝혀질까 전전긍긍하던 마음이 한결 가벼워지면서 까짓 그러면 어때, 하게 된다. 웃음의 힘이다.

그의 신랄함과 냉소는 차갑고 가볍다. 웃게 함과 동시에 생각하게 하고, 생각하면서 잊게 한다. 날 개의하게 하는 것들이 사실은 아무것도 아니라는 것을, 우리 삶은 좀 더 가볍고 경쾌해도 된다는 것을, 그는 우아한 손가락으로 가리키고 아름답지 못한 것들을 손끝으로 튕겨낸다.

그래서 그를 따라 웃으면 이 구질구질한 삶이 실제로 나아지느냐고? 통장잔고가 늘기라도 하냐고? 정색하고 내게 묻는다면, 나는 오스카 와일드의 묘비명으로 화답하겠다. 그가 인생의 가장 끔찍한 경험을 겪고 죽음을 목전에 두고 있을 때 친구에게 했다는 이 말로.

"최후의 심판을 알리는 나팔 소리가 울리고 우리가 반암(斑岩)의 무덤에 누워있을 때, 로비, 나는 자네에게 몸을 돌리며 속삭이겠네. '로비, 우리는 저 소리를 못 들은 체하세'라고."

# 아름다움과 사랑, 그리고 웃음의 가치를 온몸으로 보여준 남자

립스틱을 바르지는 않지만, 만약 바른다면 한번 해보고 싶은 일이 있다. 파리 페르 라셰즈에 있는 오스카 와일드의 무덤을 찾아가 키스 자국을 남기는 것이다. 수많은 여성들의 립스틱 자국과 섞여 내 입술 자국이 만드는 만다라 무늬를 보고 싶다. 그것이 아름다움과 사랑에 온전히 바쳐진 오스카 와일드의 삶에 경의를 표하는 일이자, 그가 평생 놓지 않았던 아름다움과 사랑이 내 삶에도 온전하게 깃들어 있음을 확인하는 일이라면. 아마 수많은 여자들도 그 이유로 정성껏 립스틱을 바르고 그의 무덤을 찾아간 것 아니었을까.

물론 그의 삶에는 허세와 냉소도 가득하다. 그러나 그것은 그가 삶을 지키는 하나의 방식이었다. 오스카 핑걸 오플래허티 윌스 와일드라는 이름으로 1854년 10월 16일 태어나 제 이름을 하나씩 버리고, 결국 1900년 11월 30일 '오스카 와일드'라는 이름으로 죽은 남자. 극작으로, 소설로, 시로, 동화로, 그리고 무엇보다 재치 있는 명언으로 우리에게 삶을 어떻게 대해야 할지 알려주고 간 사람.

그는 더블린에서 유명한 의사이자 박애주의자인 아버지 윌리엄 와일드 경과 성공한 작가이며 민족주의자인 어머니 제인 프란체스카 엘지 사이에서 태어났다. 그들 부부는 도시빈민을 위한 무료진료소로, 작가들을 위한 정기적인 오후 살롱으로 각각 사람들을 모으고 돌보고 북돋웠다. 그 한가운데서 자라면서 그는 사람의 도리와 사람이 추구해야 할 아름다움에 대해 몸으로 배웠으리라. 어렸을 때는 집에서 교육받고 열 살 이후 포토라 왕립학교와 더블린의 트리니티 칼리지, 옥스퍼드 대학의 모들린 칼리지에서 수학한 그는 천성적인 게으른 성격으로 좋은 학생이 되지는 못했다. 그러나 자신이 좋아하는 분야인 고전학에서는 눈에 띄는 실력을 보였다. 좋고 싫은 것이 분명한 성격은 공부 과정에도 드러난다.

그는 우리가 흔히 보는 의미의 진지한 작가들과는 조금 다르다. 그의 작품에는 돈을 벌고 싶다는 욕망, 유명해지고 싶다는 욕망이 더 많이 섞였다. 좋은 작품을 많이 썼음에도 불구하고 작품보다 사람으로 더 유명해진 데는 그 탓도 있을 것이다. 그는 작품에도 공을 들였지만 외모에도 많은 공을 들였다. 그가 철저하게 지향한 유미주의는 그의 삶 전체를 관통한다. 결국 그는 빅토리아 여왕 시대 가장 성공한 극작가가 되었다.

화려한 그의 삶을 끝장낸 '퀸즈베리 사건'은 마치 그리스의 비극작가가 지어낸 것처럼 극적이다. 양성애자였던 그는 아름답지만 철없는 귀족 막내아들 알프레드 더글라스와 사랑에 빠지는데, 그 사랑이 그를 극단으로 몰아갔다. 알프레드의 아버지 퀸즈베리 후작에게 소년들을 추행한 혐의로 고발당한 그는 명예훼손으로 퀸즈베리 후작을 고소하는데, 꼼꼼한 변호사의 도움을 받는 대신 화려한 달변으로 위기를 넘길 수 있다고 믿었던 탓에 결국 2년 동안 레딩 형무소에서 중노동을 하는 엄벌에 처해지게 된다.

평생 아름다움을 지킬 돈을 중요시했던 그에게는 파산당한 것도 큰 고통이었지만, '나의 빛나는 보석'이라 부르며 애지중지했던 두 아들을 평생 만날 수 없게 된 것도 어마어마한 고통이었다. 형기를 마치고 나온 뒤에도 그의 인생은 회복될 수 없었다. 결국 그는 뇌수막염으로 46세의 나이에 생을 마감한다.

그러나 그 이후로도 이토록 오랫동안 사랑받게 될 줄은 자신의 특별함을 굳게 믿었던 그조차도 기대하지 못했으리라. 사망한 지 한 세기만인 1998년 런던 트라팔가 광장에 그의 동상이 세워지고, 2017년 1월 31일 동성애 금지법으로 유죄판결을 받은 이들을 사면하는 새로운 법이 시행되면서 사후 사면된다. 무엇보다 그의 무덤에 늘 차고 넘치는 키스 마크와 꽃은 사람들이 그가 삶으로 보여준 메시지를 잊지 않았음을 보여준다. 아름다움과 사랑, 그리고 웃음이 가진 무한한 가치를.

# 목차

## 01

세상은 늘 자신의
비극을 조롱해왔다.
비극을 견디는 유일한
방편이기 때문이다.

《하찮은 여인》 중에서

## 비극을
## 견디는 방법

오스카 와일드는 '조롱'에 일가견이 있었다. 그의 유머와 위트는 조롱할 때 가장 큰 힘을 발휘했다. 그는 조롱의 힘을 알았고 그 힘을 마음껏 이용했다. 오스카 와일드의 전기를 쓴 페터 풍케는 그가 당대의 영국사회와 벌인 '대결'에 대해 설명하면서 이렇게 말했다. "그는 시간이 지나면서 서서히 사회의 성격을 파악했다. 즉, 사회로부터 수용받기 위한 최선의 길은 사회에게 즐거움을 선사하는 것이고, 사회는 웃을 때 최고의 즐거움을 느끼며, 사회를 웃길 수 있는 최선의 길은 사회의 코앞에 거울을 들이대고 조롱하는 것임을 파악한 것이다."

조롱한다는 것과 애정을 구하는 것은 상반되어 보이

지만, 의외로 많은 사람들이 사랑받고 싶어서 조롱한다. 페터 풍케는 오스카 와일드를 포함한 이런 심리를 '이율배반적'이라고 말한다. 숭배하면서 동시에 조롱하기. "그는 사회의 갈채를 받을수록 더욱 사회를 비웃었으며, 사회로부터 많은 것을 얻을수록 더욱 사회를 경멸했다. 그러나 마침내 사회는 복수를 하고 그를 파멸시켰다."

그러나 오스카 와일드에게 있어 조롱은 단순히 사회로부터 사랑받기 위한 수단이 아니었다. 그에게 있어 조롱은 좀 더 심오한 힘이었다. 조롱은 한없이 무겁게 가라앉아 숨통을 누르고 발등을 찍는 비극적 상황에 헬륨풍선을 다는 일이다. 가볍게 띄워 올리며 무게를 던다. 그 덕분에 우리는 꼼지락거리고 숨을 내쉬며 그 깊은 우울에서 기어 나올 수 있는 것이다. 조롱의 힘이 없다면 사람들은 어떻게 비극을 견딜 수 있을까. 어떻게 짓눌리거나 압사하지 않고 꾸준히 살아갈 수 있을까.

그가 비웃던 '사회'에 그 또한 속해있기 때문에, 그의 조롱은 자학개그의 성격을 띨 수밖에 없다. 그는 자기 자신을 포함한 우리 모두를 조롱했다. 그렇기에 그의 조롱이 인

간적인 온기를 띨 수 있었던 게 아닐까. 한바탕 웃은 끝에 성
찰과 반성이 꼬리를 물고 따라 나올 수 있었던 게 아닐까. 그
의 목적은 성찰과 반성이 아니었겠지만, 돌이키고 생각할 수
있는 여운을 남겼다. 그 여운은 지금까지도 영향을 미친다.

나는 웃음의 힘을 믿는다. 웃음의 종류가 다양한 만
큼이나 다양하게 믿는다. 호감을 주고받는 환한 미소나 즐
거운 폭소라면 말할 것도 없겠지만, 조롱과 비웃음도 나름
의 역할을 하고 있다고 생각한다. 모든 것을 공중에 띄워 올
리는 웃음의 힘 덕분에 잘못 앉혔거나 비뚤어진 것들은 조금
씩 제자리를 찾아간다. 불편한 자세에서 몸을 뒤척이듯, 수
시로 터져 나오는 웃음은 모든 것이 제자리를 찾을 때까지
들었다 놓으며 크든 작든 제 몫을 한다.

비극은 비극적일 때 가장 비극이 된다. 비극의 한가
운데서 비참하게 무너질 때, 비극에 몰입되어 극적으로 몸
부림칠 때, 비극은 가장 비극적으로 완성된다. 비극이 완성
되어버리고 나면 다시 떨치고 일어날 미래는 없다. 이때 웃
음은 비극에 납작하게 깔린 우리들이 거기에서 기어 나올 수
있도록 돕는 지렛대다. 조롱에 대해 누구보다 훤하게 알았

던 조롱전문가 오스카 와일드가 보기에, 조롱은 비극을 견디는 유일한 방편이었다.

삶은 이상하다. 그토록 몰아붙이면서도 나아갈 길을 마련해놓는다. 극소수를 제외한 이들이 '그럼에도 불구하고 계속 살아가야 한다'는 것을 이해한다. "하늘이 무너져도 솟아날 구멍이 있다"는 속담을 이해한다. 아무리 끔찍한 일이 벌어져도 다음 날 아침에는 어김없이 해가 뜨고, 어김없이 배가 고프고, 어김없이 납작한 하루가 펼쳐진다. 단 한 걸음도 떼어놓을 수 없을 것 같은데 온 만큼 가야 한다. 무슨 힘으로? 비극을 조롱하면서, 그 힘으로. 고통을 비웃으면서, 그 힘으로. 그 미약하지만 꾸준히 밀고 나가는 힘으로, 우리는 비극에서 점차 멀어져 간다. 다음 비극을 만날 때까지.

오스카 와일드가 파멸한 이유는 더 이상 조롱할 수 없었기 때문 아닐까. 그의 유머감각은 연이은 비극의 난타에 무릎을 꿇었다. 그렇지만 그것이 웃음의 힘을 부정하는 증거가 되지는 못할 것이다. 계속 웃을 수 있다면 벗어날 길은 있다. '유일한 방편'을 쥐고 있다면 견딜 수 있다고, 그는 수많은 문장들로 증언한다.

## 02

세관에 신고할 것이라고는
나의 천재성밖에 없다.

대화 중에서

## '개의치 않음'의
## 강력한 힘

　　세상이 나를 싫어하는 것 같고 사람들이 모두 적대적인 것 같은 느낌. 어디 몸 둘 데가 없는 사면초가의 느낌에 사로잡혀 우울하고 그저 숨어버리고 싶다면, 이 이야기를 한번 들어보자.

　　"세관에 신고할 것이라고는 나의 천재성밖에 없다." 오스카 와일드가 미국에 입국할 때 했다는 이 말은 오스카 와일드라는 사람이 어떤 사람인지 확실하게 보여준다. 그가 그의 말대로 천재라는 사실을? 아니, 그가 대단한 나르시스트이자 교묘한 전략가라는 사실을. 그는 이 한마디로 그를 조롱하려고 기다리던 미국인들을 기세 좋게 누르고 기선을 제압했다. 분위기는 완전히 바뀌었다. 그는 그를 초대했던 이들의 예상을 뒤엎고 순수한 환호를 받고 돌아왔다.

　　당시에는 심미주의자를 조롱하고 야유하는 작품이 인기였다. 버넌드의 희극 〈대령(The Colonel)〉이나, 길버트와 설리번의 〈인내 혹은 번손의 아내(Patience or Bunthorne's Bride)〉 등이 야유의 선두에 섰다. 작가들은 그 작품 안에 오스카 와일드를 과장되게 비튼 인물을 등장시켰다. 그들에게 있어 오스카 와일드는 심미주의를 대표하는 인물이었으니까. 검은색 비단양말이 잘 드러나는 반바지, 끝부분에 레이스가 달린 비단으로 만든 조끼, 넓은 칼라가 달린 흰 와이셔츠, 그 위에 강렬한 초록색 넥타이. 그리고 단춧구멍에 백합이나 해바라기를 꽂은 가식적일 만큼 우아한 와일드의 외모는 패러디하기에 더없이 좋았을 것이다.

　　미국에서 그를 초청한 이유는 오스카 와일드를 대놓고 비웃는 바로 그 작품을 홍보하기 위해서였다. 굴욕적인 이야기다. 하지만 그는 개의치 않고 그 초청을 자신의 명예욕을 채우는 데 호탕하게 써버렸다. 돈도 벌었다. 그는 엄청난 인파의 환호성과, 연이은 파티 초대와, 기자들의 질문공세와, 순회강연에 휩쓸려 들어갔다. 엄청나게 바쁜 그를 보좌하는 하인들뿐만 아니라, 쇄도하는 팬레터에 답장을 대신 써주는 비서들도 고용해야 할 정도였다.

그 과정이 물 흐르듯 쉬웠다고는 생각하지 않는다. 그는 작정하고 비판하기 위해 기다리는 비평가들과 그를 조롱하려고 그와 똑같이 차려입고 나타난 수십 명의 대학생들을 맞닥뜨려야 했다. 하지만 그는 그들에게 전혀 꿇리지 않고 혼자 맞섰고, 결국 박수를 받았다. 동시에 그는 사람들의 비틀린 기대마저 충족시켜주었다. 오스카 와일드는 사람들이 심미주의자에 대해 상상하는 그대로 화려하고 멋지게 차려입고 나타났다. 그의 다양한 면모 덕분에 같은 자리에 있던 사람들도 제각각 다른 인상을 받았다. 충분히 실패할 수 있는 조건이었지만 아주 충분하게 성공했다.

오스카 와일드였기에 가능한 반전이었을 것이다. 평범한 사람들은 꿈도 꾸지 못할 경지일 것이다. 보통의 정신력으로는 미국으로 떠날 엄두조차 내지 못할 테니까. 자신을 작정하고 비웃으려는 사람들 앞으로, 마치 광대처럼 트레이드마크가 된 옷차림으로 나서다니. 우리 같은 보통 사람들은 생각만 해도 움츠러들 수밖에 없다. 하지만 나는 오스카 와일드의 미국행을 생각하면 조금 용기가 난다. 내가 그의 방식대로 할 수 있을 거라고 생각해서가 아니라, '개의치 않음'이라는 것이 얼마나 큰 힘인지 발견하게 해주었다는 점에서.

내가 가는 모든 곳이 내게 호의적인 곳이라고 생각하지 않는다. 사람들은 내게 기대만큼 다정하지도 않다. 어떨 땐 사람들이 내가 실수하기를 기다리는 것 같기도 하다. 그렇지만 세상 모든 사람이 나를 싫어한다는 생각은 망상이다. 사람들은 내게 그 정도로 관심을 갖고 있지 않으니까. 수많은 개별적인 사람들을 뭉뚱그려서 그들이 나를 좋아할 것이다 싫어할 것이다 생각하는 것은 지나치게 자기중심적이다. 그저, 수많은 사람 중의 한 명인 내가 수많은 사람들 속에 섞여있을 뿐이다. 나를 싫어하는 사람도 있겠지. 하지만 대부분의 사람들은 잠깐 나를 비난하거나 비웃더라도, 곧 잊어버리고 사라질 것이다.

그러니 '개의치 않음'이란 얼마나 힘이 센가. 하루에도 몇 번씩이나 마음이 휘딱휘딱 바뀌는 사람들 사이에서 자신의 개성을 굳건히 드러내며 선다는 것은 얼마나 현명한가.

예상은 언제나 깨어지기 마련이고, 계획은 언제나 틀어지기 마련이다. 상황은 바뀌고 기분은 변한다. 그렇다면 자기 자신만을 믿을 일이다. 내 '천재성'만을 가지고 나아가야 한다. 딱히 천재가 아니어도 상관없다. 중요한 것은 태도니까.

물론 그 방법이 어디서나 잘 통하는 것은 아니다. 이후 파리에 모피코트를 입고 발자크의 지팡이를 흉내 낸 터키옥 손잡이가 달린 상아 지팡이를 들고 나타난 오스카 와일드에 대한 사람들의 반응은 차가웠다. 미국인들을 열광시켰던 화려하고 눈에 띄는 옷차림이, 파리에서는 믿을 수 없는 사람이라는 인상을 주었다. 한 번 통했던 방법이 또 통하라는 법은 없다. 한 번의 성공이 다음 성공을 보장하는 것은 아니다.

그러나 그래서 어쨌단 말인가. 그는 자신만의 걸음걸이로 성큼성큼 사람들 사이로 걸어 나갔다. 다시 돌아나올 수 없는 길이라고 해도 방향을 바꾸지 않았다. 그러니 우리도 나 자신을 높이 트로피처럼 들고 제각각의 방향으로 걸어가자. 서로를 개의치 않는 수많은 사람들 사이로.

## 03

세상에는 남의 입방아에 오르는
것보다 안 좋은 일이 딱 하나
있는데, 그건 남의 입방아에
오르지 않는 것이다.

《도리언 그래이의 초상》 중에서

## 자신에 대한 이야기라면
## 험담조차 사랑하라

내 목표는 '적당히' 유명해지는 것이다. 자기 이름을 걸고 하는 일을 업으로 삼다보니 지나치게 무명이면 먹고살기 힘들지만, 사실 너무 유명해져도 피곤하기 때문이다. 게다가 너무 유명해지면 칭찬만큼이나 욕도 붙기 마련인데, 상상만 해도 스트레스가 이글이글 일어난다. 그 '적당히'라는 게 세상에서 제일 어렵다. 어제는 내가 너무 안 알려진 게 힘들다는 생각이 들다가도 오늘은 나를 아는 사람이 많아 운신이 힘들다고 생각하는 일을 반복한다. '적당히'라는 건 일종의 움직이는 선 같아서, 그 선에 맞추려면 깔딱깔딱 바쁘기 쉽다. 그렇게 내가 바쁘게 군다고 맞출 수 있는 선도 아니다. 내가 얼마나 유명한지 결정하는 것은 내가 아니라 남이기 때문이다.

그러니, 그저 유명해지는 것을 목표로 사는 게 어찌 보면 세상에서 제일 쉬워 보일 때도 있다. 오스카 와일드의 당당한 태도가 그렇다. "누가 뒤에서 내 욕을 한다고? 만세, 내가 그만큼 더 알려지겠구나!"라고 생각하는 사람을 어떻게 당한단 말인가. 뒷얘기 한번 들었다고 삼박 사일은 먹구름을 이고 사는 소심한 인간과는 차원이 다르다.

하지만 생각해보면, 오스카 와일드야말로 현명한 것일 수 있겠다. 유명해지고 싶다는 욕망을 말하는 것이 아니다. 어차피 뒷얘기는 내가 통제할 수 있는 게 아니니. 내가 어떻게 했건 상관없이, 뒷얘기라는 건 나오고 흘러 다니고 퍼지게 마련이다. "피할 수 없으면 즐겨라"라는 말도 있지 않은가. 내가 통제할 수 없다면, 적어도 기뻐할 수는 있겠지. 쉽지는 않겠지만.

악담의 전파력은 대단하다. 특히 인터넷이 커뮤니케이션의 중요한 매체가 되면서, 개개인들의 영향력이 훨씬 커졌다. 예전에는 "하루아침에 유명해졌다"는 말이 통했다면, 지금은 "시시각각 유명해졌다"는 말이 적당할 수도 있겠다. 자고 일어날 필요도 없다. 두 눈 시퍼렇게 뜨고서 내가 죽일 인간이 되는 것을 실시간 목격하는 것도 불가능한 일은 아니다. 뒷얘기는 잠을 자지 않는다. 낮말은 새가 퍼트리고, 밤말은 쥐가 나불대기 마련.

　　"무플보다 악플"이라는 태평한 소리를 하던 게 엊그제 같은데 지금의 악플은 사람을 순식간에 폐인으로 만들 만한 위력을 갖는다. 그나마 악플은 나을 수도 있다. 속닥속닥 뒷얘기는 한계가 없기 때문이다. 뒷얘기의 위력은 늘 생각보다 커서, 내 뒷얘기를 하고 다니는 사람만큼이나 그 뒷얘기를 전해주는 사람도 함께 미워지기 마련이다. 그게 심해지면 모든 사람이 다 나를 내심 미워하고 있다는 망상에 빠지기도 한다. 훠이, 훠이 물렀거라, 해도 악착같이 매달리는 망상 말이다.

　　그나마 다행인 것은 내 이름인 '박샤'가 검색하기 힘든 이름이라는 점이다. 한 번 들으면 잊히지 않는 이름이지만, 검색과 공유가 일상인 인터넷에서는 뒷얘기건 앞얘기건 전파속도가 상대적으로 느리다. 누군가 내 실명을 저격하며 험담을 하더라도 내가 검색으로 그 내용을 찾아내기란 불가능에 가깝다. 실명으로 저격하기 부담스럽다며 쓰는 초성도

검색하기 어렵긴 마찬가지다. 'ㅂ ㅅ'이 무엇의 초성인지 어떻게 알겠느냐고. 덕분에 내 마음의 평화를 지킬 수 있게 되었다. 내 이름을 지은 아버지는 상상도 못했겠지만.

그렇지만 오스카 와일드라면 달랐을 것이다. 그 시절에 인터넷이 있었다면 얼마나 열심히 자신의 이름을 검색해봤을까. 상상만 해도 웃음이 나온다. 자신의 이름이 언급된 횟수를 세면서 기뻐하거나, 자기 이름이 검색창에 나오지 않는다며 뭔가 사고를 치려고 획책하는 일도 서슴지 않았을 오스카 와일드. 검색이 힘들다면 개명조차 마다하지 않았을 사람. 그에게 있어서는 '입방아 제조기'인 인터넷이 꿈의 매체 아니었을까. 악명도 마다하지 않는 이 시대의 소위 '관종'인 몇몇의 얼굴을 떠올려봐도, 오스카 와일드에 대적할 만한 사람이 없다.

생각해보면, 이 책이야말로 오스카 와일드에 대한 두터운 '입방아'다. 입방아만으로 한 권의 책이 묶이다니, 그가 알았으면 얼마나 황홀해했을까. 그가 우리에게 가르쳐준 '행복해지는 법'이 다른 선현들의 조언과 달리 불온할지라도, 현재의 우리에게는 그의 조언이 훨씬 유용하다. 대범하게

나아가라. 기껏해야 남의 입방아가 좀 더 늘어날 뿐이니. 입
방아가 삶을 새콤달콤하게 만드는 소스 정도라고 생각한다
면, 가끔은 듣는 것도 나쁘지 않겠다.

## 04

자신을 사랑하는 것은
한평생 이어질
로맨스의 시작이다.

《젊음의 용도에 관한 문구와 철학》 중에서

## 사랑받고 싶다,
## 누구보다 내 자신에게

사랑 없는 삶은 상상하기 어렵다. 그중에서도 연애는 정말 신묘한 일. 살아온 배경도 모르고, 중요하게 여기는 가치도 다르며 소중한 것을 공유하지도 않는 사람이 문득 없으면 못 살 사람, 인생에서 가장 중요한 사람이 된다. 우연이 아니고서는 만날 일 없던 사람과 '영원'을 걸며 인생의 후반을 약속하다니. 사랑에 '빠진다'는 표현에는 일말의 진실이 담겨있다. 마치 길을 걷다가 함정에 빠지듯, 우리는 그렇게 사랑에 빠진다.

물론 인생에는 그토록 극적인 사랑 말고도 많은 종류의 사랑이 있다. 그중에는 부모 자식의 사랑처럼 우리가 맡겨 놓기라도 한 듯 당연하게 요구하는 사랑도 있고, 긴 시간을 들여 천천히 깊어지는 우정도 있다. 일방적인 사랑도 물론 있고, 다수 간의 사랑도 존재하며, 대중의 사랑이 없으면 못 사는 사람도 있다. 사랑은 무척 흔해 보이지만 사실 굉장히 귀하다. 사랑받고 싶다는 욕망의 거대한 크기 때문이다. 그 욕망을 온전히 만족시키는 게 가능할까? 알 수 없는 일이다.

사랑받지 못하는 인생의 쓸쓸함이야 말해 무엇하랴. 냉정한 부모, 독한 소리를 아무렇지도 않게 내뱉는 상사, 이기적인 직장동료, 제 필요할 때만 연락하는 친구…….  내 인생에는 왜 이렇게 사랑이 부족할까 싶지만 가만히 귀 기울여 들어보면 그들 또한 다들 하나의 문장을 반복해서 말하고 있다. 사랑받고 싶다, 사랑받고 싶어. 그 문장은 온갖 폭언과 까칠하고 질척한 말들에 깊이 묻혀있어 잘 들리지 않는다. 하지만 가장 바닥에서 깊게 울리는 말이기도 하다.

곳간에서 인심 난다고, 사랑도 많이 받아본 사람이 많이 줄 수 있고 사랑을 많이 주는 사람이 많은 사랑을 받는다. 사랑받고 자란 아이는 호흡처럼 자연스럽게 사랑받고 사랑한다. 사랑이 충만한 사람의 태도는 여유롭고, 자신에게 쏟아지는 사랑을 당연하게 여기면서도 특별하게 받는다.

사랑에 있어 '빈익빈 부익부'는 반박 불가능한 진리다.

　　사랑받지 못한 사람은 자신에게 돌아오는 사랑을 의심하고 경계하게 된다. 영화감독 우디 앨런은 말했다. "나 같은 사람을 회원으로 받아주는 클럽에는 절대 가입하고 싶지 않다"고. 비슷한 태도가 사랑에 관해서도 만연하고 있다. "저 사람은 뭔가 이상해. 그렇지 않고서는 나처럼 사랑할 가치가 없는 사람을 사랑할 리가 없지"라며 의심받은 사랑은 갈 곳을 잃는다. 무척 필요한 사랑을 오는 족족 쳐내면서 꼬들꼬들 말라가는 자신을 그저 가여워할 뿐인 삶.

　　사랑받지 못하고 자라난 사람이 사랑 속으로 부드럽게 미끄러져 들어가는 방법이 있긴 있다. 나 스스로를 사랑하는 것이다. 내가 나를 사랑하는 것은 연애의, 아니 모든 관계의 기초. 오스카 와일드에게 배우지 않았을 때도 나는 나 스스로와 연애한다는 생각으로 살았다. 내가 원하는 것을 해주고 싶었고, 내가 하기 싫어하는 것을 안 하도록 해주고 싶었다. 애인의 선물을 고르듯 물건을 사고, 내가 하는 말에 귀 기울이고 스스로 머리를 쓰다듬었다. 내가 사랑받을 만한 가치가 있는 사람이라는 것, 그것도 '내 사랑'을 받을 만한 가치가 있는 사람이라는 것을 잊지 않고 떠올렸다. 모든 연애들이 단단한 자존감 위에 안착할 수 있도록.

오스카 와일드는 자기애의 화신이었지만 또한 자신과 닮은 어머니에게 충분한 사랑을 받고 자라난 사람이기도 했다. 와일드의 어머니는 당시 여자로는 키가 시원스레 컸고, 우아한 외양을 하고 있었다. 남의 눈에 띄기 좋아했던 그녀는 화려하게 꾸미곤 했는데, 큰 키가 받쳐준 덕에 자기과시욕을 충족시킬 수 있었다. 정열적이고 낭만적인 데다 극적인 효과를 좋아하는 성정은 둘째아들인 오스카에게 고스란히 전해졌다. 그들은 닮은 꼴이었기에 서로 사랑했다. 그중 가장 닮은 점은 자기 자신에 대한 사랑이었고, 오스카 와일드가 공작 날개처럼 자신을 펼치고 구애를 주고받는 데는 그러한 자기애가 큰 몫을 했다. 그에게 있었던 로맨스는 모두 그의 자기애에 시초를 두고 있다. 그곳에 입구가 있었다.

내가 나를 사랑하는 한, 애인이든 친구든 모든 관계는 부드럽게 오래간다. 느닷없이 교통사고처럼 닥치는 충돌, 사포처럼 신경을 쉴 새 없이 긁어대는 잔소리도 사라진다. 나와의 연애는 내 안에 다른 사람을 받아들일 자리를 넓힌다. 평생 사랑하며 살고 싶다면 스스로를 사랑하는 것부터 시작하라. 오스카 와일드는 그 사실을 스스로의 인생을 걸고 증명했다.

## 05

나란 사람은 언제 봐도 놀랍다.
그 이유만으로도
인생은 살 만하다.

《하찮은 여인》 중에서

## 세상에서 가장
## 놀라운 사람

나는 항상 내가 생각하는 나보다 조금씩 크거나 모자라다. 어떨 땐 뜻밖에 나쁜 사람이기도 하다. 물론 스스로의 유치함에 혀를 차기도 한다. 자신을 기특하게 여기거나 뿌듯하게 스스로의 머리를 쓰다듬어줄 때도 있다. 그 모든 순간에, 나는 나에게 놀란다. 가장 오랫동안 나를 지켜본 내가 보기에도 나는 늘 의외의 면을 감추고 있다.

최근에 제일 놀랐을 때는 아침에 눈떴을 때였다. 으악 집이잖아! 세상에, 집에 돌아와 있었네? 친구들 사이에서도 유명한 내 귀소본능은 아무리 정신 놓고 술을 마셔도 제대로 작동한다. 마지막으로 먹은 게 뭔지는 기억나지 않아도, 내 기억 속에 없는 낯선 나는 가방과 열쇠와 모자와 핸드

폰과 남은 안주까지 살뜰히 챙겨 들고 와 현관에 얌전히 놓아둔다. 어떨 때는 다음 날 아침의 숙취방지용으로 커피포트에 물을 끓여 포도당 세 스푼, 착착 넣고 타서 마시고 자기도 하는 모양이다. 아침에 일어나서 보면 생소한 빈 컵이 놓여있다. 여기까지는 괜찮은데 어떨 때는 애먼 사람에게 맞춤법 하나 틀리지 않은 장문의 문자를 보내놓기도 한다. 그건 좀 자제해줬으면 좋겠는데, 기억에 없는 내게 이 말을 건넬 도리가 없다.

그 문자들을 보고 있노라면 혹시 전생에 비둘기였던 게 아닐까? 싶기도 하다. 귀소본능에 메시지 전달기능을 합치면 딱 전서구 아닌가. 그중에서도 제일 유능한 전서구였을 텐데. 어쩌다 그 멋진 귀소본능을 술 마실 때밖에 써먹지 않는 인간 따위로 태어난 것일까. 그래도 이 본능이 내 목숨 여러 번 구했을 것임에는 틀림없다. 내가 살아있다는 게 그 증거다.

나도 기대하지도 않았던 눈부신 능력을 발휘하거나, 모두가 깜짝 놀랄 정도의 재능을 보여서 스스로 놀라고 싶다. 아침에 눈떴을 때 집이네, 라는 소소한 것 말고 말이다.

어쨌든 분명한 것은 나는 내가 생각했던 것과는 좀 다른 인간이라는 것이다. 그 다름은 다양한 방식으로 다양한 순간에 튀어나온다. 어랏, 나는 이런 면이 있는 사람이었네, 라는 놀라움은 언제까지 계속될까. 아마 죽는 그 순간 누운 자리에서도 발견할지 모른다. 내가 알지 못했던 나를.

　　　매일매일 스스로를 놀라게 하는 나의 다른 면모들을 발견하곤 하지만, 삶을 길게 보면 역시 놀라움도 커진다. 내가 기억하는 가장 어렸을 때 나의 몸무게가 25킬로그램인데 지금은 그 두 배가 넘었다. 내가 4.7킬로그램의 우량아로 태어났을 때, 그때의 나라면 지금의 나를 상상할 수 있었을까? 사람은 누구나 태어나면 화가가 되는 줄 알고 크레파스로 깨작깨작 그림 그리던 시절에는, 글을 쓰고 있는 지금의 나를 상상할 수 있었을까? 선망하던 매체에 글을 연재하고, 이름이 박힌 책을 몇 권이나 써내는 날이 올 거라고 생각했을까? 착실하게 쌓아온 매일이 결말을 도무지 짐작할 수 없는 드라마를, 반전에 반전을 거듭하는 드라마를 만든다. 그 가운데 내가 있다.

　　　그에 비하면 남이 나를 놀라게 하는 건 사실 별것 아

니다. 물론 어두운 골목에서 갑자기 사람이 튀어나오면 놀라겠지만, 사람들의 뜻밖의 모습은 내가 저 사람을 잘 몰랐구나 정도의 깨달음을 줄 뿐이다. 잘 모를 수도 있지. 아무리 오래 알고 지낸 사람이라도 속속들이 파악할 수는 없는 법이다. 남들의 낯선 모습을 보면서 나는 그들에 대해서 좀 더 잘 알게 된다. 기쁜 기회다. 물론 내 앞에서는 샐샐 웃으면서 뒤에서 험담하고 다니는 사람이 있다면, 그 사람의 다른 면을 더 잘 알게 된 게 기쁘지는 않겠지만.

사람은 무척 입체적인 존재라서 내가 모르는 새로운 모습을 누구나 갖고 있다. 하지만 그중에서 가장 놀라운 사람이 바로 자신인 이유는, 나야말로 나를 잘 알고 있다고 여기기 때문이다. 그렇기 때문에 새로운 모습을 발견하는 것은 더 뜻밖이고 더 빈번하다. 나의 수많은 면모들, 심지어 서로 모순되기도 하는 얼굴들을 샅샅이 발견해주는 사람이 있다면 누구일까? 자기 자신일 수밖에 없지 않은가.

평생을 들여 나라는 인간만 탐구해도 아마 인간에 대해서 많은 것을 알게 되지 않을까. 알면 알수록 신묘한, 천변만화하는 자신을 들여다보는 것은 영 싫증 나지 않는 일이다. 이제 좀 알겠다 싶어질 땐 한 평생이 쌩 하고 지난 뒤일 텐데. 인생 참 재밌는 구경하고 살았네 싶은 마음이 들 때쯤이면 스스로에 대해서도 이만하면 잘 안다 싶어질까. 아무리 생각해도 그러지는 않을 것 같다. 나를 다 알게 되면 그인생 재미없어서 어쩌나. 매일 들여다봐도 새로운 만화경 같은 나를 잃으면 사는 일도 심드렁해질 것 같다.

내가 이럴진대 오스카 와일드는 얼마나 더했을까. 자기 자신을 들여다보는 일이 얼마나 짠하게 재밌었을까. 그가 비교적 젊은 나이에 요절한 것이 그래서 안타깝다. 스스로 블록버스터 영화 같고 예술 영화 같은 자기를 들여다보며 얼마나 신기해했을지, 그렇게 언은 인간에 대한 시혜를 얼마나 잘난 척하며 떠들어댔을지 상상해보면, 그 당시의 사람들이 살짝 미워진다. "인생은 살 만하다"고 말하는 그를 끝내 살게 내버려두지 못한 그들이 밉다.

## 06

절제는 치명적인 결과를 가져온다.
성공하려면 도를 넘어야 한다.

《하찮은 여인》 중에서

## 성공의 조건이자
## 실패의 입구

나는 자기 자신의 재능을, 삶의 선물을 마음껏 발산하고 성공한 사람을 안다. 그는 이 세상에 사랑과 스캔들을 뿌리고 극적으로 몰락했다. 나는 그가 남긴 글을 이리저리 샅샅이 읽어보았다. 그리고 이 문상을 발견했다. "절제는 치명적인 결과를 가져온다. 성공하려면 도를 넘어야 한다." 그가 만약 다시 살아서 돌아온다면, 이 문장에 대해 뭐라고 말할까. 그의 화려한 성공과 치명적인 몰락은 둘 다 '도를 넘었기 때문'에 다다를 수 있었던 경지였다. 자신의 삶에 자신의 천재성을 온전히 발휘한 사람에게만 허용되는 삶이었다.

도를 넘는 것은 성공하기 위한 방법이기도 하지만 실패를 위한 지름길이기도 하다. 연애만 해도 그렇다. 다들 용기 있게 고백하라고 하지만, 고백하지 않으면 다시 말해서 금을 넘지 않으면 시작도 없다고 하지만, 또 한쪽에서는 어서 거절하기 위해서 고백만을 기다리고 있을 수도 있다. 그 금을 넘어오기만 해봐, 뻥 차줄 테니까, 라고 말이다. 매정하다고? 고백하지 않은 어정쩡한 태도로 주변을 배회하는 것을 손쓸 도리가 없어서 지켜보는 사람이 생각보다 많다. 사실 모든 성공의 기회는 실패의 가능성을 품고 있다. 도를 넘기만 해서 성공한다면, 그것이 왜 용기를 필요로 하겠는가.

어떤 금이라도 밟을까 조심조심하며 소심하게 사는 인생도 물론 인생이다. 나 같은 사람 말이다. 소심한 나의 좌우명은 '민폐를 끼치지 말자'이다. 다른 사람들이 내게 민폐를 끼치지 않았으면 하는 바람만큼이나, 나도 다른 사람에게 민폐를 끼치기 싫다는 마음도 크다. 고로 내 인생은 무척 고요할 것 같지만, 인생이 사람 마음처럼 되던가. 사실 주변인들이 내게 가진 인상은 '무엇을 하든 도를 넘는 사람'인 것 같다.

실제로 한 지인이 내게 말했다. "박사님은 술을 먹어도 지나치게 많이 먹고, 책을 읽어도 지나치게 많이 읽고, 산책을 해도 지나치게 많이 하시잖아요." 물론 모든 사람에게 주어진 시간은 24시간이기 때문에 모든 것을 지나치게 할 수는 없다. 아마도 자기표현이 지나치다는 이야기인가 보다 짐작한다. 어쨌든 그 덕에, 나는 주변 사람들에게 늘 도를 넘은 사람으로 여겨진다. 물론 그렇다고 성공과 가깝다는 얘기는 아니다. 세속적인 의미에서의 성공이라면 나는 오히려 거리가 있는 편이다. 딱히 실패했다고 보기도 힘들지만.

세속의 수많은 성공담을 보면 오스카 와일드의 의견이 정확해 보인다. 성공한 사람들은 무림의 비기라도 되는 듯 자기 비결을 털어놓는데, 대부분이 도를 넘었던 경험담이다. 그들은 비범하고, 용감하고, 운도 좋고, 심지어 선량하기까지 하다. 재능이 넘치고 귀인도 적재적소에 나타난다. 그런데 어떻게 그 모든 것들을 발휘하고 획득할 수 있었던 것일까? 바로 도를 넘었기 때문이다. 과감하게 버리고, 무리하게 달리고, 억지를 쓰고, 행운을 거머쥔다. 결정적 순간에 절제하는 것은 치명적이다. 잠깐 머뭇거리는 사이에 다른 누군가가 그 기회를 낚아채 가기 때문이다.

자기 자리를 지키는 것은 안전하지만 어떤 형태로든

변화는 오지 않는다. 대놓고 괴짜건 열정이 조금 넘쳤을 뿐 이건 어쨌든 성공한 이들이 자신의 넘치는 에너지가 민폐가 될지도 모른다며 누르고 건사했다면, 그들은 수많은 벽돌 중의 하나처럼 자신이 만든 담에 단단히 박혀 벗어나지 못했 을 것이다. 그래서 민폐를 무릅쓰고라도 절제의 담을 넘어 달려 나가야 하느냐? 그에 대한 정답은 없다. 성공이나 실 패와 거리가 먼 인생도 제법 살 만하니까.

성공에 대해서라면 할 말이 별로 없지만, 연애에 대 해서라면 조금 할 말이 있다. 돌이켜 생각해보면 내가 연애 를 했던 상대들은 늘 도를 넘었던 사람들이었다. 혹은 내가 도를 넘게 굴었던 사람들이었다. 도를 넘어 한 발자국 다가 갔던 그 순간이 없었다면 서로가 서로의 손을 잡을 수 있었 을까? 옷깃이 스치기라도 했을까? 연애에 관해서라면, 맞 다. "절제는 치명적인 결과를 가져온다. 성공하려면 도를 넘 어야 한다." 연애의 시작을 성공이라고 불러야 할지는 잘 모 르겠지만, 어쨌든 무엇인가 시작된다. 금을 넘지 않으면 아 무것도 남지 않는다.

역시, 뭐든 도를
넘어야 돼!

## 07

요즘 젊은이들은
돈이 전부라고 생각하는데,
나이가 들면 알게 된다.
그것이 사실임을.

《도리언 그레이의 초상》 중에서

## 돈이
## 전부라고?

어떤 인생을 살고 있는지 판단하는 중요한 근거가 '돈'
인 삶이라니. 퍽퍽하다. 연봉이 얼마인지가 능력을 평가하
는 중요한 기준이 되고, 평소에 돈을 얼마나 잘 쓰는지로 인
간성을 재단하다니. 자본주의 사회란 얼마나 건조한 곳인
가. 0이 몇 개인지 세면서 물질로 가득 찬 세계를 건너간다.
그러니, 어떻게 돈이 전부가 아닐 수가 있는가. 돈이 있어야
공부를 하고 하고 싶은 일을 하고 여행을 하고 노년을 무사
하게 보낸다. 0 몇 개에 인간으로서 내 성취가 평가된다. 존
재이유가 그 몇 개의 달걀 같은 0 위에 위태롭게 얹혀있다.

사람들이 내게 관심 있게 물어보는 것 중의 하나는
"그 일로 먹고살 만큼 돈을 벌 수 있는가"이다. 거칠게 대답

하자면 먹고살 수 있을 정도는 된다. 적게 먹고 가늘게 싼다면 말이다. 그렇지만 사람들이 사회적으로 성공했다고 인정해줄 만큼의 금액에는 크게 못 미친다. 단위가 다르다. 그렇지만 '그 일로 먹고산다'는 것은 꽤 자부심을 가질 만한 일이다. 이 척박한 분야에서 자급자족한다는 것. 쉽지 않은 일을 해낸 만큼 성취감도 크다.

크다고 생각했다. 그런데 얼마 전 정부에서 '근로장려금'을 신청하라는 편지가 왔다. 근로장려금? 찬찬히 살펴보니, 나이가 먹을 만큼 먹었고 열심히 일을 하고 있는데도 모아놓은 재산도 없고 번 돈도 없는 사람에게 생활비를 좀 보태주겠다는 얘기다. 솔직히 좀 충격받았고, 자존심이 쩌적 소리를 내며 금이 갔다. 찾아보니 작년 이맘때쯤, 《서른, 잔치는 끝났다》라는, 50만부 이상이 팔린 베스트셀러 시집을 낸 최영미 시인이 근로장려금 대상이 되었다며 화제가 된 적이 있다. 기사를 보니 몇몇 단어가 화살처럼 날아와 박힌다. "빈곤층에게 주는", "생활보조금", "저소득 근로자"…….

오스카 와일드는 꽤 부유한 가정에서 태어나 자라난데다, 성격상 부유함과 명성이 꼭 필요한 사람이었다. 그러나 대학을 졸업할 즈음에 그는 벌써 경제적인 문제에 부딪치게 된다. 아버지의 유산이 턱없이 적었던 터라 그는 할 수 없이 돈을 벌어야 했다. 직장을 구해 착실하게 월급을 받으며 돈을 버는 것은 생각조차 하지 않았다. 예술비평가 및 작가로서 돈과 명예를 손에 넣으리라 작심한 그는 이곳저곳에 작품과 편지를 보낸다. 어떤 편지는 무척 거만했고, 또 어떤 편지는 무척 비굴했다. 그의 안에서 소용돌이치는 자신감과 불안감이 그런 형태로 드러난 것이었으리라.

그가 사회 안에서 자신의 자리를 찾는 것은 아주 순탄하지는 않더라도 크게 어렵지는 않았는데, 이 과정에는 그의 비굴한 아첨과 쇼맨십이 그의 천재성이나 재능만큼이나 큰 역할을 했다. 그는 재치 있게 세상을 조롱했지만, 그것은 그를 받아주는 한에서였다. 그가 부모님에게 넉넉한 유산을 받아 굳이 돈을 벌 필요가 없었다면 그는 어떤 모습을 보여주었을까? 돈을 벌어야 한다는 사실 때문에 그의 재능이 묻히기도 했을 것이지만, 돈을 벌어야 하기 때문에 그의 본성이 더 잘 드러나기도 했으리라. 오늘 우리가 알고 있는 와일드는 크고 작은 파도를 타고 있는, 그 위를 유려하게 미끄러지다가도 그 아래서 허우적대는 와일드다. 그는 돈을 좋아했고, 돈을 잘 썼다. 그리고 돈이 중요하다는 것을 매번 새록새록 깨달았다. 그 모든 것을 '예술'을 하면서, 자신이 하고 싶은 일을 하면서 했다는 것이 바로 그의 능력이었다.

"돈이 전부가 아니야"라는 말은 다양한 뉘앙스로 우리 인생에 울려 퍼진다. 돈을 벌 수 있는 직업을 갖기 위해 꿈을 포기하려 할 때 나를 걱정하는 지인의 입에서 들리기도 하지만, 내 노동력을 공짜로 우려먹으려는 못된 사장이 점잖고 그럴듯한 목소리로 말하기도 하고, 재능기부를 요구했을 때 거절하는 상대를 경멸의 눈으로 쳐다보는 담당자의 새된 목소리로 들리기도 한다. 그때마다 우리는 흔들린다. 돈만 밝히는 것으로 보이고 싶지도 않지만, 돈에 얽매이고 싶지도 않고, 또 정당한 대가를 받고 싶기도 하다. 내가 속물인가 의심하다가 내가 호구인가 분노한다. 그 시계추처럼 오락가락하는 심정을 오스카 와일드가 보았다면 뭐라고 했을까. "살아보니, 정말 돈이 전부더라고"라며 여유롭게 웃었을까? 그러나 우리는 이미 알고 있다. 그에게 전부였던 것은 '아름다움'이었음을.

## 08

나는 나 혼자 떠드는 것이 좋다.
그럼 시간도 아끼고
논쟁도 막을 수 있다.

《유별난 로켓 불꽃》 중에서

## 대화의
## 용도

모임이 끝나고 네 명 정도, 조촐하게 남았다. 한 분이 와인을 갖고 오신 덕에 아늑한 술자리가 열렸다. 나를 제외한 다른 분들은 서로를 몰랐다. 그들을 다 아는 것은 나밖에 없었기 때문에, 나는 혼자 마음이 분주했다. 크고 작은 공통 화제를 떠올리고 던지고 물어보고 떠들었다. 혹시라도 모두 침묵하는 시간의 틈, 소위 '천사가 지나가는 시간'이 생길까 봐, 말을 하면서 다음에 말할 내용을 머릿속으로 더듬어 찾았다.

잠깐 화장실에 가려고 일어섰을 때, 바로 내 뒤에서 "박사님이……" 하는 말이 들렸다. 돌아와 자리에 앉으며 "아무리 사람이 화장실 가면 바로 그 사람 뒷얘기를 한다지만, 제가 미처 자리를 다 뜨기도 전에 제 얘기하시는 건 너무하잖아요? 무슨 얘기하셨어요?"라고 웃으며 물으니, "박사님이 자리를 뜨면 우리 모두가 조용해질 거라는 얘기를 했어요"라고 웃으며 답한다. 하지만 내가 돌아왔을 때 그들은 즐겁게 이야기하고 있었다. 내가 없으면 서로 할 말이 없을 거라던 나와 다른 사람들의 생각은 말 그대로 기우였던 것이다.

주로 얘기하고, 대화를 이끄는 것을 좋아하고, 쉬지 않고 끼어드는 수다쟁이 습성은 버리기 힘들다. 경청이 그렇게나 중요하다던데, 나의 경청은 너무 재빨리 그에 관해 내가 알고 있는 다른 이야기로 점프한다. 한 지인은 감탄과 힐난을 섞어 말했다. "박사님은 정말 모든 주제에 대해 할 말이 있으시군요!" 사실, 꼭 그런 것만은 아니다. 차와 스포츠에 관해 얘기하기 시작하면 꿀 먹은 벙어리가 된다는 것을 사람들은 모른다. 다행히도.

소설가 앙드레 지드는 파리로 온 오스카 와일드에 대한 소문을 듣고 그를 만나고 싶어 했다. 그는 이미 스타였다. 황금 물부리담배를 즐겨 피우고, 한 손에 해바라기 꽃을 들고 거리를 활보한다는 소문이 돌았다. 부자에, 잘생긴 데다 천재. 게다가 그는 대단한 능변가로 알려져 있었다. 시인 말라르메의 집에서 그에 대한 얘기를 처음 들은 앙드레 지드는 친구의 주선으로 함께 식사를 하게 된다. 그의 첫인상은 이랬다. "나를 포함하여 네 명이나 모였는데 말은 와일드가 다 했다."

앙드레 지드의 표현에 의하면, "그는 대화를 몰랐다. 오로지 해설을 했다." 그러나 오스카 와일드는 단순한 수다쟁이가 아니었다. 그는 아름다운 음성으로 느긋하고 느릿하게 해석을 늘어놓으며 그 자리에 있는 낯선 이들을 시험했다. 그 시험의 과정을 거쳐서 그는 무엇을 얻었을까? 앙드레 지드를 얻었다. 그는 식사를 마치고 식당에서 나오면서 앙드레 지드를 따로 불렀다. "자네는 눈으로 듣더군." 그들은 그 이후 여러 곳에서 자주 만났다. 그는 앙드레 지드에게 관심을 기울이고, 그의 일상을 묻고, 짧고 재치 있는 이야기를 들려주었다. 우정이 시작된 것이다.

오스카 와일드와 나의 차이는 크다. 수다쟁이라는 커다란 범주 안에 마지 못해 묶을 수는 있겠지만, 그것만 빼면 공통점이 거의 없다. 그는 사람들의 화합에는 큰 관심이 없었다. 그는 매번 작은 공연을 했고, 사람들을 시험했고, 그 자리에 있는 사람들이 동조라도 하면서 그의 이론에 편승하려는 것을 싫어했다. 그에게 대화란 그의 멋짐을 드러내는 방법일 뿐이었다. 다른 사람들이 대화를 통해 서로를 이해하고 분위기를 화기애애하게 한다는 것을 그는 끝내 이해하지 못했으리라. 대화의 그런 면에 관심 없었다는 점을 생각하면, "그는 대화를 몰랐다"는 표현이 이해가 된다.

그는 그런 자신에 대해 잘 알았다. 그의 희곡에 나오는 몇몇 캐릭터들은 그의 이런 성격을 반영한다. 그는 그런 캐릭터를 마음껏 비웃고 제대로 굴러떨어뜨린다. 자기합리화 따위는 없다. 어찌 보면 그의 천재성이라는 것은 이런 면에서 발휘되는 것일 수도 있겠다. 그는 어릿광대였고, 어릿광대만큼 현명했다.

한 지인은 처음 나와 단둘이 술 마시던 날을 회상하며 말했다. "잘 알지도 못하는 사람과 둘이 술을 마시는 게 좀 어색할까 싶었는데, 박사님은 그 공간을 자신의 말로 가득 채운 뒤에 그 안에서 안심하고 편안해하시더라고요. 무척

예민한 분이구나, 하고 생각했죠." 그 말을 듣고서야 나는
나도 모르던 나를 이해했다. 내게 말이라는 것은 일종의 접
착제이기도 하고, 어항 속의 물이기도 하다. 단어와 문장들
로 가득 채워진 공간에서 나는 비로소 편안해진다. 어찌 보
면 그것은 오스카 와일드와 나의 유일한 공통점일 수도 있겠
다. 그도 그렇게 자신의 말을 그물처럼 던지고 쟁기 삼아 일
궈낸 공간에서 비로소 편안해하지 않았을까. 이제 와 물어
볼 수도 없고, 물어본대도 딴청 피우며 동문서답하겠지만.
그러면 어떻단 말인가. 어쨌든 그의 말은 무척 재미있었을
것이다. 대화는 아니었을지 몰라도.

## 09

나는 인생을 몰라서 글을 썼다.
그런데 막상 인생의 의미를
알고 나니 쓸 거리가 없다.
인생은 글감이 아니며
그냥 살면 된다.

대화 중에서

## 인생을 인생답게
## 살아낸다는 것

글을 쓴다는 것은 나쁜 버릇이다. 인생의 강렬한 경험에 휩싸였을 때 제대로 만끽하지 못하고 어떻게 하면 이 경험을 글로 옮길까 고민하고 앉았으니. 그렇게 모든 순간의 구경꾼이 된다. 가장 찬란하게 핀 꽃을 똑바로 쳐다보지도 않고 꺾어 책갈피에 끼워 말리고 싶어 하는 것만큼이나 어리석은 충동인 걸 알지만 어쩔 수 있나. 내게 글을 쓴다는 것은 삶을 완성하는 것이니까. 겪으면서도 이해하지 못하는 일들을 이해하고 기억할 수 있게 해주는 과정이니까. 구겨진 경험을 납작하게 잘 펴서 가지런히 묶어두어야 이것이 내게 일어난 일이었다는 것을 비로소 인정하는 앙상한 노파가 내 안에 있다. 문제는, 그 시도가 늘 실패한다는 것이다.

사랑에 빠졌을 때는 사랑에 대해 쓰고 싶었다. 이 압도적인 감정을 제대로 입체적인 글로 옮기고 싶었다. 팔딱팔딱 뛰는 심장이 페이지마다 느껴질 정도로 생생한 글을 쓸 수 있을 것 같았다. 하지만 한창 사랑을 하고 있을 때는 사랑이 내게 글 쓸 시간을 주지 않았다. 겨우겨우 글 쓸 시간을 내서 자리에 앉아도, 나오는 글자마다 차갑게 식어 굳은 핏자국 같았다. 이 들끓는 마음을 재현해낼 재간이 없었다. 글을 쓰는 순간에도 마음은 허둥지둥 앞서갔다. 따라갈 수도, 여유롭게 바라볼 수도 없었다. 발이 허공에 떠있는데 펜이 종이에 붙어있을 리가. 마음이 다른 데 가있는데 그게 문장으로 야무지게 꾸려질 리가.

사랑이 지나고 난 뒤에 쓰려니 모두 거짓말 같았다. 그런 순간이 정말 내게 있었나? 나는 왜 그렇게 바보 같았을까. 떠올릴 때마다 참담하고 부끄러운 감정이 같이 떠올랐다. 카펫을 들어 올리고 발끝으로 슥슥 밀어 넣듯이 그렇게 없는 셈 치고 흑역사의 갈피 속으로 밀어 넣고 싶었다. 뜨거운 감정이 지나간 뒤의 식은 재 같은 심정으로는 그때의 불길을 재현해낼 수 없다. 재현은커녕, 이해할 수조차 없다. 사랑에 빠졌을 때는 모두 내 얘기인가 싶던 유행가의 가사가 유치찬란하게 들리기 시작했다면, 그건 사랑이 식었다는 증거다. "나도 이렇게 바보 같은 일을 해본 적이 있다니까"라는 서두를 달고 우스개로 불려나오면 그나마 다행이다. 그보다 더한 일들은 아예 기억 저편에 묻어버렸다. 내가 내 사랑에 대한 글을 제대로 쓴 적이 있나? 기억이 나지 않는다. 썼다 해도 다시는 들춰보지 않은 까닭이리라.

그러한 실패의 반복에도 불구하고, 나처럼 인생을 이해하고 싶어서 글을 쓰는 이들은 인생의 모든 사건들을 글감으로 본다. 그것을 소재로 해서 이러이러한 결론을 내면 그럴듯하겠다, 하며 차곡차곡 서랍에 넣어놓는다. 그러는 사이에 인생이 흘러가 버린다. 여행 가서 사진을 찍느라 그곳의 풍광을 제대로 못 보는 관광객처럼, 집에 돌아와 옛 여행 사진을 꺼내보며 맞아, 그런 곳에 갔었지, 그런데 왜 기억이 나지 않을까 자문하는 여행자처럼 우리는 그렇게 인생을 본다. 음식사진 찍느라 음식 식는 것 모르듯, 인생을 글감으로 여기는 동안 인생은 손안의 모래처럼 흘러 사라진다. 경험에서 배우는 것도 없이 그렇게.

글은 글이고 인생은 인생이다. 인생을 글로, 그림으

로 표현할 수 있는 순간은 인생에서 제일 멀리 떨어져 있을 때다. 지구에서 떠나야 푸른 지구의 둥근 수평선이 보이듯이, 격렬한 인생의 사건들을 떠나야 가닥과 맥락이 보인다. 디테일이 뭉개진 지도가 보인다. 그리고 그때가 되면 그때 살고 있는 인생이 있다. 인생에 대한 글은 마치 거울의 저편에 놓여있는 나처럼, 나와 닮았지만 나는 아니다. 인생을 닮았지만 인생은 아니다. 아침저녁으로 거울을 보듯, 우리가 인생 속에서 글 쓸 거리들을 찾아내는 것은 자연스러운 일이고 합당한 일이다. 하지만 우리가 거울 속에 살지 않듯 글이 우리 인생을 살아주지 않는다. 밥 먹고, 잠자고, 걸어 다니고, 웃는 것처럼, 글 쓰는 것 또한 우리 인생의 작지만 생생한 한 부분을 이룰 뿐이다.

물론 예외는 있다. 인생과 글이 기적적으로 가까웠던 오스카 와일드처럼. 그는 이야기로써만 삶을 생각하고 이해할 수 있었다. 어느 날, 와일드는 한 평론가가 쓴 글을 발견한다. 평론가는 와일드를 극찬하며 이렇게 말한다. "제 생각을 잘 단장하여 재미있는 이야기로 풀어내는 재주가 있다." 와일드는 이 문장을 비웃었다. "저들은 생각이 헐벗고 태어난다고 믿지…… 나라는 사람은 이야기로써만 생각할 수 있다는 것을 이해하지 못하네. 조각가가 자기 생각을 대리석으로 해석해 표현하던가? 조각가는 직접 대리석으로 생각한다네." 그는 자신이 살면서 생각하고 경험하는 것을 이야기로써만 이해했고, 풍부한 비유가 가득 담긴 생생한 이야기로써만 설명했던 사람이었다. 그러나 그런 그조차도 인생의 의미를 알고 나서 말한다. "인생은 글감이 아니며 그냥 살면 된다."

글과 인생의 거리가 얼마나 되든, 제대로 살지 않고 쓰는 글은 다 어느 정도는 거짓말이다. 맞다. 제대로 된 글을 쓰려면 삶의 진실에 가장 가까이 접근할 수 있도록 제대로 살아야 한다. 제대로 산다는 것은 인생에서 만나는 매 순간마다 그것에 집중하고 그것을 만끽한다는 것일 게다. 슬픔, 사랑, 환희, 애통, 애틋, 고통, 기쁨……. 모든 감정들을 제 몸에 새겨 넣는 것. 그래도 좋은 글이 나올까 말까 한다. 그러나 꼭 좋은 글을 써야 할까? 그냥 살면 안 될까? 오스카 와일드가 몸살처럼 삶을 살아내고 깨달은 한 문장처럼. 온 삶을 이야기로써만 살아낸 사람이 드디어 맞닥뜨린 한 문장처럼.

## 10

내 인생의 대단한 드라마는
삶에 내 천재성을 모두 쏟아붓고,
작품에는 단지 내 재능만을
쏟아부었다는 점이다.

대화 중에서

## 천재적 삶,
## 재능 있는 작품

오스카 와일드의 작품 중에서 제일 먼저 읽었던 것은 아마도 《행복한 왕자》다. '저자'라는 개념이 없었던 어린 시절, 책을 쓴 모든 사람이 이솝 아니면 안데르센 아니면 그림일 거라고 생각하던 때였다. 아주 오랜 시간이 지나서야 그림책으로, 동화책으로 여러 번 읽었던 이 책을 쓴 이가 오스카 와일드라는 걸 알았다. 아름다움을 찬양하며 가식과 허세를 머리에 꽃처럼 꽂고 다니던 그가 이토록 슬픈 글을 썼다니. 그 후로 더 오랜 시간이 지나서야, 그가 슬픈 글을 쓰는 데 탁월한 재능이 있다는 걸 알았다.

오스카 와일드의 작품 중 두 번째로 읽었던 것은 《도리언 그레이의 초상》이다. 셜록 홈즈 아니면 에드거 앨런 포를 통해 소설의 재미를 알아가던 시절이었다. 작가 이름이 셜록 홈즈인지, 등장인물이 에드거 앨런 포인지 구별하는 것이 의미 없던 때였기에 아주 나중에야 그 기묘한 이야기를 쓴 이가 오스카 와일드인 것을 알았다. 로마 귀족처럼 나른하게 누워 포도송이나 따 먹었을 것 같은 그가 그토록 기괴하고 아름다운 글을 썼다니. 그리고 더 오랜 시간이 지나서야 오스카 와일드이기 때문에 이런 소설을 쓸 수 있었다는 사실을 납득했다.

그 후로는 작품보다 작가 이름이 더 앞섰다. 오스카 와일드가 했다는 재치 있는 말들이 떠돌다가 나와 종종 부딪쳤다. 누군가 말했지. 아무 말이나 써놓고 "-오스카 와일드"라고 붙이면 그럴듯해진다고. 그렇게 그는 '명언 작가'로 다시 나와 만났다. 경박함과 심오함을 같이 가지고 있는 말들은 그의 삶이 뱉어낸 말들이었다. 그 말들을 따라가 보면 온몸으로 살고 있는 그가 있다. 그의 삶은 그의 작품보다 더, 그의 표현을 따르자면 '천재적'이었다.

작가의 삶은 작가의 글과 어떤 관계를 맺고 있는 걸까. 한때 나는 글을 지금보다 더 잘 쓰려면 지금보다 더 삶이 스펙타클해야 하는 게 아닐까 생각했다. 내 삶은 너무 밋밋했다. 이보다 더 드라마틱하고 애잔하고 낭만적이고 처절해야 더 좋은 글을 쓸 수 있지 않을까. 전쟁의 한가운데를 거쳐 온 작가들의 작품에는 페이지마다 피가 묻어있는 것 같았다. 가난하거나 병고에 시달리거나 심각하게 외롭거나 고통의 한가운데를 물속을 걷듯 걸어 다니는 사람들. 그런 이들이 진정한 작가가 된다고, 그렇게 생각했다. 내게 삶은 너무 매끈매끈했다. 매달릴 구석도 파고들 틈도 없이 그렇게 나날이 흘러갔다. 진정한 작가가 되기 위해서는 행복하면 안 되는데, 나는 너무 자주 행복했다.

훌륭한 작품을 보면 작가의 삶이 궁금해졌다. 삶이 그에게 어떤 손톱자국을 남겼길래 이토록 진실의 진피에 닿은 것 같은 작품이 나올 수 있었을까. 작가는 자신의 껍질을 찢으며 어디까지 들어간, 혹은 나아간 것일까. 그들의 삶을 들여다보면 어떤 비밀을 발견할 수 있을 것 같았다. 보이지 않는 신이 있어서 작가에게 삶의 평화를 빼앗아간 만큼 문학적 재능을 채워주는 것 아닐까. 마치 모래시계처럼, 이쪽에 많이 있다면 저쪽은 없는 게 당연한 것 아닐까, 하고. 그러나 오스카 와일드의 삶은 세상이 우리의 상상처럼 작동하지는 않는다는 것을 보여준다. 그의 현란하고 역동적인 삶과 그의 작품은 데면데면하리만큼 먼 곳에 있다.

오스카 와일드는 자신의 불행과 시대의 불행에 굴복하지 않았다. 그는 그 안에서 집요하게 집필하는 자세로 자기가 헤엄칠 수 있는 공간을 더 깊게, 넓혀갔다. 그가 자신의 욕망과 기지로 자신의 영토를 넓혀가는 과정은 그것 자체로 하나의 작품이다. 나는《행복한 왕자》를 읽듯이,《도리언 그레이의 초상》을 읽듯이 오스카 와일드의 삶을 읽는다. 오스카 와일드의 무덤이 온갖 키스 자국으로 덮여있는 것은 '행복한 왕자'의 덕도 '도리언 그레이'의 덕도 아니다. 오스카 와일드, 오직 그의 삶이 불러 모은 사랑이다.

작가의 삶과 작품이 아주 밀접하다는 것이 거짓말이라는 것을 이제는 알고 있다. 오래전부터 알고 있었는지도 모른다. 그저 끊임없이 그 거짓말이 정말일까? 물어왔을 뿐. 사실, 작가의 삶은 작가의 작품만큼이나 다양하다. 삶을 보며 작품을 가늠할 필요도 없고 작품을 기준으로 삶을 평가할 수도 없다. 작가의 삶은 작품의 땔감도 아니고 작품은 작가의 삶의 액세서리가 아니다. 작가의 삶 또한 하나하나의 작품처럼, 독자에게는 흥미로운 이야기일 뿐이다. 물론 내가 좋아하는 작가의 삶은 더 특별한 이야기겠지만.

오스카 와일드가 자신의 천재성을 삶이 아니라 작품에 쏟았다면 어떻게 되었을까. 그는 평범한 아저씨로 늙어가고 작품은 대단한 명작 목록에 속속 올랐을까. 그랬다면 그는 만족했을까. 아마도 전혀 만족하지 못했을 것이다. 그의 욕망은 삶에 있었고, 그가 할 수 있는 방식으로 남김없이 불탔다. 그래서 겹겹이 그에게 매혹당한다. 천재의 삶이 아니라 천재적인 삶이라서.

## 11

사람은 행복하면 언제까지라도
착하게 살 수 있지만,
착하다고 해서
반드시 행복한 것은 아니다.

대화 중에서

## 행복한 사람은 착하다,
## 착한 사람은 행복해야 한다

마음 가득 인류애가 넘쳐나고, 원수에게라도 내 뽀송뽀송한 왼뺨을 내밀어줄 수 있을 것 같을 때가 있다. 맛있는 음식을 막 한입 맛보았을 때, 숨 막히게 아름다운 풍경 앞에 서있을 때, 살아있기를 잘 했다는 생각이 문득 들 때 나는 한없이 착해진다. 입꼬리가 올라가고 눈꼬리가 내려간다. 이 작은 별이, 이 안에 복닥복닥 살고 있는 사람들이 한없이 애틋해진다.

행복한 느낌이 몰려오면 마음이 몰캉몰캉해지면서 순해진다. 너그러워진다. 마음의 경계가 넓어지고, 주변 사람들을 돌아보게 된다. 행복한 사람 한 명이 주변 사람들 여럿을 행복하게 한다. 그렇게 행복의 기운은 퍼져나가고, 행복한 사람이 많아질수록 세상은 살 만해진다. 행복의 선순환이다.

그것은 단순히 '행복의 기운'이나 '행복 에너지'의 덕만은 아닐 것이다. 행복한 사람은 실제 행동에서 티가 난다. 발을 밟혀도 짜증을 내지 않고, 새치기를 해도 날을 세우지 않는다. 게걸스럽게 음식에 집착하지 않고, 쓸데없이 욕심내지 않는다. 그런 의미에서 "곳간에서 인심 난다"는 속담은 일말의 진실을 품고 있다. 사람살이가 각박해지면 가장먼저 주변을 돕던 손길을 거둬가게 마련이다. 내 자신이 행복하지 않으니 다른 이들을 돌볼 여유가 없다. 그러나 행복한 사람에게는 저절로 여유가 샘솟는다. 금전적인 여유만은아니다. 자신의 몫을 아껴 남을 도와줄 마음을 내는 여유가과즙처럼 스며 나온다.

내가 행복했을 때, 나는 내가 행복했기 때문에 다른사람들의 행복에 관심이 많았다. 내가 불행했을 때, 나는 내가 행복하기 위해서는 그것이 뭐든 움켜쥐어야 한다고 생각했다. 그 와중에 다른 사람을 할퀸다 해도 상관이 없었다. 내가 행복했을 때와 불행했을 때를 돌아볼 수 있는 지금, 착하다는 것이 얼마나 '여유'와 관계가 있으며 '여유'가 얼마나 '행복'과 관계가 있는지 한눈에 보인다.

행복한 사람은 착하다. 그러나 그 역이 늘 성립하는 것은 아니다. 오랫동안 우리는 '착해야 한다'는 교육을 받아왔다. 여유가 있건 없건, 사람은 마땅히 착해야 한다는 것은 맞다. 착하다는 것은 사람들의 관계를 좀 더 유순하게 풀어주고, 같이 살기 좀 더 수월하게 만들어준다. 좋든 싫든 수많은 사람들과 어우러져 살아가야 하는 이곳에서 착함이라는 품성은 꼭 필요한 요소다. 하지만 착하다는 것은 취약한 장점이라서, 이용할 빌미를 주거나 불행하게 만드는 역할을 하기도 한다.

'권선징악'이라는 개념은 이 사회가 나름의 자정작용을 한다는 것을 보여주는 말이지만, 지나치게 강조하면 '착하지 않으면 벌을 받는다'는 공포로 밀어 떨어뜨리기도 한다. '착한사람 콤플렉스'라는 말은 다른 사람에게 착하다는 평가를 받기 위해 자기 자신의 욕구와 소망을 억누르고, 그 때문에 스스로 불행을 자초하는 심리적 콤플렉스를 말한다. 독자적인 용어가 있을 정도로 이러한 심리적 부작용은 널리

퍼져있다. 사람들은 남의 평가에 목을 매 스스로를 갉아먹는 바보 같은 짓을 종종 하는데, 특히 '착하다'는 평가에 매달리는 경우가 많다. 그 정도가 지나치면 '착한 척한다'는 비난의 대상이 되는 것을 알면서도.

'착한 사람 콤플렉스'가 만연한 만큼, 이를 이용하려는 사람도 많다. 상대의 마음에서 저절로 우러나지 않은 '착함'을 뽑아내기 위해 착즙기를 들이대는 사람들. 악의가 없다 하더라도 본능적으로 자신에게 유리한 방향으로 움직이려는 사람들. 이들은 착하다는 평가를 듣고 싶어 하는 상대방을 이용한다. 너 참 착하다며 어르건, 너 못됐다며 비난하건 이들의 목적은 한결같고 분명하다.

행복하면 착해지고 착하면 행복해지는 선순환이 계속된다면 세상은 얼마나 살기 좋아질까. 행복과 착함은 서로서로를 밀고 당겨 눈덩이처럼 불어날 것이다. 그러나 그 어딘가에 반드시 마가 끼기 마련이니, 착하다는 것이 불러오는 불행은 이 선순환을 가차 없이 끊는다. 행복하지 않은 착한 사람은 나날이 더 불행해지고 불행은 스스로의 착함을 갉아먹으니, 이 세계는 그 아슬아슬한 경지를 조금씩 타고

오르고 내리다 결국은 파국을 향해 머리를 돌린다. 그러니 착한 것보다는 행복한 것에 마음을 기울여야 한다. 착해지기보다 행복해지기에 더 많이 관심을 보여야 한다. 행복하면 착해지지만, 착하다고 행복해지는 건 아니니까.

그렇기 때문에 오스카 와일드는 "착하게 살라"는 말 대신 "너 자신이 되어라"고 했을 것이다. 눈물 나게 자기희생적인 사랑을 보여주는 《행복한 왕자》의 제목이 가진 아이러니를 되짚어보면, 그가 착해지는 것보다는 행복해지는 것에 더 많은 관심을 보였다는 것을 짐작할 수 있다. 높은 기둥에서 끌려 내려와 결국 깨진 납 심장 한 조각으로 남은 왕자는 그래서 더 행복해졌을까? 어렸을 때 울면서 보았던 동화를 다시 읽으면서 그가 어떤 교훈도, 아무런 대답도 남기지 않았음을 새삼 깨닫는다. 그저 수많은 아이들을 울리는 것만이 목적이었던 걸까? 이 남자, 참 못됐다.

## 12

나는 당신이 나를
잘못 전해주리라는 것을
믿어 의심치 않는다.

대화 중에서

## 대화, 크고 단단한
## 오해를 빚는 일

    나는 어째서인지 사람이 좋다. 인류애를 잃을 만한 사건이 그토록 많이 일어난다는 점을 생각하면 이상한 일이다. 물론 구체적으로 아주 좋아하는 사람과 싫어하는 사람을 나눌 수야 있지만, 기본적으로는 자신의 마음을 가지고 움직이고 이야기하고 삶을 살아가는 '사람'이라는 존재에 특별한 흥미를 느낀다. 그러다 보니 술자리도 술이 좋아서가 아니라 사람이 좋아서 가고, 약속도 사람이 궁금해서 잡는다. 이렇게 자연히 같이 모여서 수다 떠는 것에서 즐거움을 느낀다.

    수다라는 건 얼마나 좋은지. 시시껄렁한 이야기만 늘어놓을 때가 많지만 어쩌다 이야기가 깊어져 서로의 비밀을 털어놓기라도 하면 금지된 곳에 발을 디디는 듯한 두근거리는 희열도 따라오기 마련이다. 내가 마음을 열고 그도 마음을 열면서 생기는 한줄기 통로. 그 통로를 따라 말이 오가고 말 아닌 것도 오간다. 얼마나 마법 같은 순간인가. 각기 다른 삶을 살아온 사람들이 그리는 포물선이 만나는 기적. 그러다 보면 그 순간이 온다. 내가 그 사람에 대해서 잘 알고 있다는 착각에 빠지는 순간.

재치 있는 친구가 많은 덕에 그들이 한 마디 혹은 한 문장으로 나를 정의해줄 때마다 무릎을 치며 웃었다. 딱 맞네, 그렇네, 역시, 촌철살인이야. 우리 정말 너무 오래 봤다. 나를 잘 파악한다니까. 날 너무 잘 아니 죽어줘야겠어. 킬킬킬. 그렇지만 그 말이 반복될 때마다 어딘가 불편한 마음이 커졌다. 나는 그런 사람인가? 지금도? 그때는 그럼 그런 사람이었나? 나라는 사람은 졸졸 흘러서 여울이 됐다가 개울이 됐다가 연못이 됐다가 가끔은 하수구도 되는데, 그러다 문득 바다를 만나기도 하는데, 나를 정의하는 말들은 초라한 돌무더기처럼 그곳에 남아있을 뿐이었다. 이미 그곳에 나는 없었다. 그런데도 나를 정의하는 말은 압정과 같아서 찌른 자리를 굳건히 지킬 뿐이었다.

예측 가능한 사람이 된다는 것은 장점이 많다. 일단 주변 사람들을 안심시켜준다. 그렇기 때문에 사람들은 파악하기 쉬운 사람을 좋아하는 경향을 보인다. '책임감이 있다'거나 '믿음직스럽다'거나 하는 말들은, 그 사람이 쉬이 변하지 않는 사람이라는 것을, 내가 본 그 자리에서 그다지 많이 움직이지 않는 사람이라는 판단을 전제로 한다. 그리고 대부분의 사람들이 그 자리를 크게 벗어나지 않는다. 그것은 일종의 약속과 같은 것이니까. 내가 안심하고 싶은 만큼 남도 안심시키는 게 좋으니까.

예측 가능한 사람이 된다는 것은 남에게뿐만 아니라 내게도 안심이 된다. 뜻밖의 일을 당했을 때 이렇게 해야 할지 모른다면 평소 '나'라면 어떻게 했을지 머릿속에서 매뉴얼을 뒤져보면 되니까. '박사 사용설명서'는 나 또한 가지고 있으니, 일단 그중 몇 개의 문장을 골라 클릭해보는 건 어렵지 않다. 반복하면 반복할수록 선택지는 좁아지고 선명해진다. 내 가면이 내가 되는 건 그런 과정을 거쳐 굳어진다. 결국 '나'라는 인간은 휴대하기 쉬운 몇 개의 가면으로 남는다.

오스카 와일드처럼 눈에 띄는 사람이라면 정의 내리

기가 더 쉬워 보인다. 현재의 우리라면 '관심종자'라는 한 마디로 그를 정의했을지도 모르겠다. 그러나 인간의 모순을 흥미로워하고 아이러니를 사랑한 그를 한 마디로 설명하는 것이 가능할까? 무엇이라 말하든 나는 그 모습이 아닐 것이다, 라며 키득대는 오스카 와일드를 상상한다. 그는 즐겁게 웃으며, 그러나 뼈를 담아 말했겠지. "나는 당신이 나를 잘못 전해주리라는 것을 믿어 의심치 않는다."

대화가 서로를 완벽하게 파악하게 해줄 거라는 착각, 말이 그 사람을 온전히 드러낼 것이라는 잘못된 믿음, 한 번 파악하면 그 후로는 변하지 않을 거라는 이상한 신념. 그것들이 모여서 우리는 크고 단단한 오해를 빚는다. 그 오해를 굴리고 굴리며 친분이 더 돈독해진다고 착각한다. 그러니 이 세상에는 얼마나 많은 '내가 아닌 나'가 있을까. 말에 매이지 않고, 오해에 연연하지 않고 자유롭게 흘러 사는 사람에게 '나 아닌 나'들은 오랜 옛날 떠나온 강가의 돌무더기였다가, 그랬을 것이었다가, 결국은 아무것도 아니게 되었을 것이다. 흩어져 버렸을 것이다.

## 13

웃음으로 우정이
시작되는 것도 좋은 일이지만,
웃음으로 우정이 마무리된다면
그보다 좋은 일은 없다.

《도리언 그레이의 초상》 중에서

## 제대로 잊기 위해
## 웃으며 헤어지기

       명함이란 참 이상한 물건이 되었다. 처음 만난 사람에게 신뢰감을 주고 자신의 소속을 알리는 유용한 역할을 자임했으나 점점 가치는 줄어들고 애물단지가 되어간다. 얼마 전에 어떤 자리에서 사람들이 처음 인사를 나누는데, 서로 명함을 주고받는 대신 핸드폰을 꺼내 들고 페이스북 아이디를 물었다. 가까이 앉지 못해 아이디를 못 물어본 사람이 있어도 상관없었다. 방금 친구신청을 받아준 사람이 올린 단체 사진에 무수히 태그된 사람 중 하나일 테니까. 사람들은 좀 더 직관적이고 강력한 방법으로 연결된다. 사각의 종이 조각의 도움을 받지 않고도. 이제 명함도 사전에 이름만 남는 존재가 되려나?

애물단지라는 말이 과장이 아니다. 그동안 받아놓은 명함들은 쓸모없어졌는데, 이름과 연락처가 적혀있으니 쉽게 버릴 수도 없다. 짐을 줄이겠다는 일념으로 한 장 한 장 꺼내서 앞뒤 살펴보고 알아보지 못할 정도로 잘게 잘라 버리는 마음이 한심했다. 들어가는 공력에 비해 결과는 티도 나지 않았으니. 더 한심한 것은 명함 주인의 대부분을 기억할 수 없다는 것이다. 내가 이런 사람을 만난 적이 있다고? 언제? 어디서? 원체 안면인식장애를 의심할 정도로 사람 얼굴을 기억하지 못하는 데다 세월이 켜켜이 얹힌 탓이다.

물론 기억나는 사람이 전혀 없을 리는 없다. 지금 친하게 지내는 사람들 중에도 언제 어디서 만났는지 기억나지 않는 사람들이 있는데, 그들의 옛 직장 명함을 발견하면 새삼 반갑다. 여기 다니던 시절에 만났었구나. 심지어 여러 장의 명함이 발굴되기도 한다. 직장을 옮길 때마다 착실하게도 받아놓았다. 오랜 인간관계의 이력이 보인다. 이런 면에서 보면 명함도 의미가 있나? 잠시 고민하다가 결국 잘게 잘라 쓰레기통으로 보낸다. 이미 효용이 다했다는 사실에는 변함없으니.

우리는 처음 만났을 때, 서로를 살펴보는 예리한 눈빛을 거두지 않으면서도 환하게 웃었을 것이다. 바로 당신을 만나기 위해 내가 봄 여름 가을 겨울 차가운 바람과 더운 열기를 헤치고 이곳에 왔다는 듯이. 바로 당신을 만나겠다는 일념으로 아침엔 간소하게, 점심엔 간편하게, 저녁엔 푸짐하게 식사를 챙겨 먹어왔다는 듯이. 서로의 명함을 두 손에 소중하게 받아들고 내 미래가 당신 손에 있다는 듯 반짝거리는 눈으로 쳐다보았을 것이다. 첫 만남이란 그런 것이니까. 우리는 본능적으로 새로운 사람을 만날 때마다 인생이 조금씩 방향을 바꾼다는 것을 안다. 아주 미세하게라도.

그렇지만 헤어질 때도 웃었을까? 두어 번 보고 말 사람이라면 상관없지만, '우정'이라 부를 만한 감정을 쌓은 이들과의 헤어짐이 가벼웠을 리는 없다. 어떤 이와는 이를 갈고 으르렁거리며, 다시는 보지 않을 듯이 팩 돌아섰을 것이다. 어떤 이와는 애매한 미소를 흘리며 내 손으로 문을 닫았겠지. 그리고 어떤 이들과의 이별은, 기억나지 않는다. 마지막으로 만났던 때를 더듬다가 생각한다. 기억나지 않는 것으로 보아 웃었겠지. 웃지 않았을 때가, 도저히 웃을 수 없었던 때가 더 많이 기억나는 법이니까.

좋게 끝난 관계는 아무 흔적을 남기지 않는다. 상처도 없으니 덧날 일도 없다. 서로 웃으면서 헤어진 사람과는 또 웃으며 만날 수 있다. 기운 흔적도 없이, 헤어지던 날의 웃음과 다시 만난 날의 웃음이 서로 잡아당겨 봉합한다. 관계는 다시 매끈하게 이어진다. 웃으면서 헤어지는 것은 언젠가 붙일 봉투에 미리 풀을 발라놓는 것과 같다. 지금은 말라있지만 살짝 핥기만 해도 다시 단단하게 붙여줄 풀을.

가끔 상상한다. 도저히 웃는 모습으로 헤어질 수 없었던 사람의 뒷모습을 보면서, 마치 'delete'키를 누르듯 과거를 소급해서 사라지게 할 수 있다면 우리가 마지막으로 웃을 수 있었던 그 순간까지 돌아가고 싶다고. 바로 그 장소에서 웃으며 헤어지고 싶다고. 오랜 시간이 지난 후 낡고 쓸모없어진 명함을 정리할 때 전혀 기억나지 않을 만큼 환하게, 이름 세 글자가 머리는커녕 가슴에서도 걸린 데 없이 쓸려 나갈 만큼 환하게 말이다.

이왕이면 웃으며,
**치얼스!**

## 14

불행은 견딜 만하다.
밖에서 벌어진 일이고 사고니까.
그러나 자신의 결함이 주는 고통이란!
아, 그래서 인생은 쓰라린 것!

《윈더미어 부인의 부채》 중에서

## 자신의 결함이 주는
## 고통의 무게

　　이제 와서 잘 기억 나진 않지만 나도 꽤 열정적인 연애를 한 적이 있었을 게다. 그 사람이 없으면 죽을 것 같고 삶의 의미가 없었던 적이 있었을 게다. 그 사람들과 왜 헤어졌는지도 사실 기억이 잘 나지 않지만, 헤어질 때는 상대방에게서 사랑스러운 구석이 거의 보이지 않았을 게다. 그의 단점은 거대하게 자라나 눈앞을 가득 채웠을 테고, 헤어진다는 것은 그 거대한 단점을 다시는 보지 않는 유일한 방법이었을 게다.

　　연애를 하다 깨졌을 때 남 탓하기는 쉽다. 모든 것을 그의 문제로 돌려버리면 된다. 헤어지면 다시 안 볼 것이고, 그는 그 모든 문제들을 홀로 떠안은 채 사라질 것이기 때문이다. 연애가 끝나면 나는 다시 원위치로 돌아오고, 새로운 연애는 새로운 백지에서 시작할 것이다. 그 이후의 연애에서 문제가 생긴다면? 그것은 당연히 새로 만난 애인 탓이겠지.

그의 탓으로 전부 돌리기 어려우면 그와 내가 맞지 않았다고 해버리면 된다. 세상에는 어마어마하게 많은 사람들이 존재하고, 당연히 나와 맞는 사람이 있으면 맞지 않는 사람이 있다. 이 과정에서 하필이면 나와 안 맞는 사람을 만난 것이다. 내가 장점이 많고 그가 장점이 많다 하더라도, 그 장점과 내 장점이 부딪친다면 어쩔 수 없지. 누구의 잘못도 아니라는 말은 그러니까 내 잘못은 아니라는 뜻. 실연당한 사람에게 우리가 흔히 던지는 위로의 말들을 떠올려보라. 그 말들은 한결같이 한 가지 주장을 펼치고 있다. "네 잘못이 아니야."

불행하게도, 네 잘못이 아니라는 말이 위로는 될 수 있을지 모르겠지만 이후의 예정된 불행을 막는 데는 전혀 도움이 되지 않는다. 자신의 결함을 인정하지 않는 사람이 다른 관계를 잘 풀어 나갈 리 없으니까. 연인은 떠나가도 연인을 괴롭혔던 내 결함은 남아있다. 불행은 지나가도 그 불행을 일으켰던 내 결함은 남아있다. 어느 누구에게도 떠넘길 수 없고, 누구와 헤어져도 사라지지 않는 그 결함은 또 다른 불행의 씨앗이 된다.

연애뿐인가. 매사가 그렇다. 수많은 불행이 일생 동안 계절풍처럼 불어닥쳤다. 무고하게 휩쓸리기도 했고 어쩔 수 없이 불똥이 튀기도 했다. 다행히도 내 결함 때문에 일어난 불행이든 아니든 모든 불행은 모두 내 밖에서 일어난 것이었다. 상처를 입더라도, 흉터가 남더라도 어쨌든 내 밖에서 일어난 일이었다.

불행의 폭풍은 대부분 시간이 지나가기를 기다리면 사라진다. 행복이 흘러가 버리듯 불행도 흘러가 버리는 것은 삶의 공공연한 비밀이다. 모든 것이 지나가리라. 그 모든 일은 내 밖에서 일어나는 일이니까. 눈 꼭 감고 바위처럼 웅크리고 기다리다 보면 대부분의 사건들은 과거의 일이 된다. 시간이란 얼마나 힘이 센지, 아무리 격렬한 고통도 과거의 일로 만들어버린다.

그러나 흘러가 버리지 않고 끝까지 나와 함께 남는 것이 바로 나다. 마음에 들지 않아도, 치명적이라며 진저리를 쳐도 내 안의 결함은 시간을 따라 흘러가 버리지 않는다. 같은 상황에서 똑같은 문제를 일으키고 매번 반복해도 지치지 않는다. 다음 연애는 꼭 전 애인과 비슷한 사람과 시작하고 꼭 비슷한 문제로 헤어진다. 내 안의 결함이 있는 한 피할 수 없다.

잘못 설계된 기계의 결함을 잡아내기 위해서는 다시 조립해야 한다. 종기 짜내듯 결함만 시원하게 없앨 수는 없으니까. 똑같은 불행이 되풀이되는 것을 막으려면 돌아보고 반성하고 내 안에서 핀셋 집어내듯 오류를 집어내야 한다. 그렇게 해서 없앨 수 있을까? 죽도록 시도하면 결함이 없어지나? 그것보다는 내 결함 자체를 인정하고 끌어안는 게 더 낫지 않을까? 끝까지 같이 가야 한다면, 나름대로의 완충장치를 만들어가며 천천히 살아가야 하지 않을까?

불행 따위는 상대할 것도 못 된다는 듯 승승장구하던 오스카 와일드의 최후는 그의 장점이자 결함이던 요소들이 총출연해 만들어낸 한 편의 극적인 연극 같았다. 그는 사소한 불행쯤은 찻잔 속의 폭풍처럼 대수롭지 않게 여겼지만, 마지막 불행의 폭풍은 견뎌내지 못했다. 자신의 결함이 주는 고통이 그의 두 다리를 부러뜨린 것이다. 그러니, 인생이란 참 쓰라린 것. 내 밖에서 일어나는 불행쯤이야 빈정대는 미소로 넘겨버릴 수 있는 그조차도, 자신의 결함은 끌어안고 침몰할 수밖에 없었던 것이다.

## 15

착한 사람이 되려면
자기 자신과 조화를 이루어야 한다.
불화는 남들과 억지로 조화를
이룰 때 생긴다.

대화 중에서

## 내 누덕누덕함을
## 돌아보며

사랑받고 싶다는 욕망이 충족될 때처럼 짜릿한 순간이 있을까. 그 순간의 쾌락은 너무 커서, 사람들은 다시 한번 그 쾌락을 맛보고 싶어 이것저것 다 내던지기도 한다. 체면이라든가 미래라든가 자존감이라든가, 그런 것들 말이다. 나중에 정신 차리고 나면 무엇보다 아까워질 것들. 그에 비해 사랑받는 욕망이 충족되는 순간은 너무 짧고 허망하니 이를 어쩌랴. 그래도 인생에서 배우는 게 없는 이들은 여전히 같은 실수를 반복한다.

반복되는 실수가 첫 번째 저질러진 순간을 찾으려면 한참을 거슬러가야 한다. 어른들에게 "착한 아이" 소리를 처음 들었던 그 순간까지. 좋고 나쁨을 그저 감각으로만 느낄 수 있던 아이 때부터 우리는 "착하지" 소리 한 번 들으려고 본능이 시키는 일을 그만두었다. 착하지, 라고 말할 때 어른의 눈빛, 미소, 어이구어이구 쓰다듬는 손, 이 모든 것들이 한 세트가 되어 '멋지게 땡깡 한번 피우고 소리 지르며 마트 바닥에 드러누워야지!' 하는 욕망을 지그시 누른다. 굴복했는가? 그때부터 모든 일이 벌어지기 시작한 것이다.

현대미술 작가 권오상의 작품을 보면 나는 어쩔 수 없이 지금의 내 모습, 그리고 내가 아는 사람들의 모습이 떠오른다. 작가는 하나의 대상을 다양한 각도에서 꼼꼼하게 촬영한다. 그리고 그 대상 모양의 덩어리를 만들고 빈틈없이 사진을 붙여서 마치 실제의 대상인 듯 재현해낸다. 사진작품이라고 하기도 힘들고 조각작품이라고 하기도 힘든 이 작품이 주는 인상은 압도적이다. 이 강렬한 인상은 사실적이지만 사실적이지 않다는 데서 온다.

아무리 꼼꼼하게 계산하고 사진을 찍어도, 모든 사진의 모서리는 서로 미묘하게 다르다. 선이 어긋난다. 평면이 입체가 되는 순간, 억지가 생겨난다. 아무리 완성도를 높이려고 노력을 기울여도 대상을 똑같이 재현하는 것은 불가능하다. 시선이 외부에 있기 때문이다. 밖에서, 타인이 보고 판단한 것이 주 재료 아닌가. 시작부터 누덕누덕하다. 작가는 바로 그 지점을 노렸다고 한다. 사진이 대상을 완벽하게 재현할 수 있을까? 사진기의 관점에서 ― 사진 찍는 사람의 관점에서 ― 본 대상이, 그 자신을 제대로 표현할 수 있을까?

　　다른 사람의 시선을 신경 쓰고, 나 자신 내부의 조화보다 다른 사람과 애써 어울리는 데 관심이 많고, 인생의 목표가 다른 사람의 사랑을 받는 데에 있다면, 돌이켜봐야 한다. 자신의 누덕누덕함을. 오래 고쳐가며 쓴 마네킹처럼 그 안은 텅 비어있지 않은지 살펴봐야 한다. 그저 하나의 껍질에 지나지 않은 건 아닌지 들여다봐야 한다.

　　다른 사람의 시선을 가장 중요하게 생각한다고 해도, 그들이 나를 어떻게 보는지 확실하게 알 수 있나? 그럴 리가. 사람들은 내게 관심이 없거나 빈말을 던지거나 오해하거나 평가절하한다. 남들의 시선, 남들의 칭찬과 사랑에 의지해서 살 때 거기에 나는 없다. 충만감도 조화도 평화도 안정도 없다. 나무조각 하나를 빼내면 흔들리는 게임처럼 남들의 시선과 입술에 나를 통째로 맡긴 채 위태롭게 서서 어떻게 내가 내 안에서 완성되어 있기를 기대할 수 있겠는가. 사랑받는 순간은 행복하지만, 그 행복은 나를 조각조각 내는 것을 허락하기 때문에 가능한 행복이다. 누군가 "나는 네가 ○○해서 좋아"라고 말하는 순간, ○○하지 않은 부분은 모래처럼 부서져 내리기 때문에 가능한 행복이다.

팽팽한 긴장이 맞설 때 자신이 양보해서 평화를 유지하려는 태도를 가진 사람들이 있다. 물론 훌륭한 태도이고, 그런 사람들 덕분에 이 사회는 조금쯤 더 부드럽게 흘러간다. 그렇지만 그것이 미움받기 싫고 사랑받고 싶어서라면 한 번쯤 더 생각해보라고 권하고 싶다. 남이 사랑해줘야만 행복하다면 그것은 행복하지 않은 것이다.

하지만 그것을 깨닫기는 어렵다. 너무나 오래 쌓여온 습관이니까. 굳이 따지고 들자면 어렸을 때 착하지 소리 좀 못 듣고 자랐어야 했다. 다른 사람의 의견에 좌우되지 말았어야 했다. 좀 더 오래 나를 들여다봤어야 했다. 다른 사람들의 말에 개의치 않고, 내 자신의 균형을 골똘히 생각했어야 했다.

　요즘 쓰이는 '착하다'는 말은 내 마음에 든다는 말의 다른 표현이다. 예쁜 것을 착하다고 하고 싼 것을 착하다고 한다. 그 말 속에 상대에 대한 배려는 없다. 자신의 균형을 먼저 고려하는 사람은 '이기적인 사람'이지 착한 사람이 아니다. 어쨌든, 지금의 용례로는 그렇다. 그 용례를 바꾸는 일은 지난하지만 필요한 일이다. 억지로 깁거나 쌓은 것들은 언젠가는 틀어지고 무너지니까.

## 16

자기 삶의 구경꾼이 되려면,
인생의 고통에서 도망치면 된다.

《도리언 그레이의 초상》 중에서

## 삶의 또 다른 이름,
## 고통

"어째서 시간은 이렇게 빨리 가는 것일까? 눈 감았다 뜨면 일이 년은 그냥 훅 가는 것 같아. 나는 핸드폰 약정을 할 때도 하나도 걱정이 안 돼. 위약금을 물 틈이 없거든. 순식간에 2년이 지나가 버리는데 언제 위약금을 물겠어?"

"시간이 빨리 가는 건 인상적인 일이 없어서 그렇대. 늘 그날이 그날 같으면 뇌가 기억할 필요를 못 느끼기 때문에 지나치게 된다는 거야. 그러니 기억에 남아있는 게 별로 없고, 시간이 굉장한 속도로 지나갔다고 생각하게 되는 거지."

"그러고 보니 그렇네. 나는 서른 정도부터 늘 똑같은 삶을 살았던 것 같아. 남들은 유학을 가거나 학위를 따거나 결혼을 하거나 아이를 낳고 아이가 차례차례 학교에 진학하는 걸 고군분투하며 겪고 있는데, 나는 그저 계속 글 쓰고 놀고 비슷비슷한 일을 하고 있었으니까. 인생의 마디가 없으니 어제가 어제 같고 십 년 전이 어제 같은가 봐."

"그러니까 나처럼 회사도 세웠다가 빚도 졌다가 망해봐. 시간이 그렇게 빨리 가는 것 같지 않을걸."

"아⋯⋯."

오랜만에 만난 친구와 얘기하다가 그 친구가 신용불량자가 되어 고생했던 시절의 이야기를 설핏 들었다. 순탄하지 않았던 것은 알았지만 그런 암흑 시절이 있었다는 것은 처음 알았다. 말이 구구절절 길지 않은 친구의 성격 때문일 것이다. 성격이 그렇다고 고생이 덜했겠는가. 그다지 굴곡 없이 살아온 내 삶이 슬쩍 미안해졌다.

고통스럽지 않은 삶이라고 가짜 삶일 리는 없다. 그렇지만 고통이 삶을 더욱 밀도 깊게 한다는 건 맞다. 고통이 나를 망가지게 할지 성장시킬지는 알 수 없지만, 어떤 형태로든 작용을 한다. 고통을 겪고 난 이후의 나는 이전의 나와는 다를 것이다. 그렇게 삶은 다음 단계로 나아간다.

　　고통을 성장을 위한 토대로 유용하게만 생각할 수는 없는 게, 우리는 고통을 통해 오히려 퇴보한 경우들을 많이 알고 있다. 그들은 겁먹거나 비뚤어지거나 복수심에 불타며 스스로 남은 삶을 오염시키거나 소진시킨다. 고통은 훈장이 될 수 없고 무조건 통과의례가 되는 것도 아니다. 어떤 고통은 그저 괴로울 뿐이므로 가능하다면 도망치는 것도 괜찮다. 문제는, 도망치는 것도 습관이 된다는 것이다.

　　운이 좋았던 것도 있겠지만 큰 고통 없는 밋밋한 삶을 살게 된 이유 중 하나는 낌새를 느끼는 순간 재빨리 도망치는 본능 때문 아닐까. 고통의 냄새는 너무나 저릿해서, 나는 코끝이 찡한 순간 벌써 도망칠 궁리를 하곤 했다. 사랑의 고통도 마찬가지였다. 좋았던 시절을 지나 고통스러울 것 같은 느낌이 들면 내 몸은 벌써 반쯤 틀어져 있었다. 냅다 달아나기 위해 상대방에게 뒷발로 생채기를 내는 일도 마다하지 않았다. 많은 돈을 버느니 간신히 연명하더라도 위험을 피하는 선택을 했다. 걸음을 작게 디디면 고통도 작고 견딜 만한 단위로 왔으니까. 그렇게 삶의 범위를 자꾸자꾸 줄여나 갔다.

이제 와서 그토록 예민한 자기보호본능을 탓할 생각 은 없다. 수많은 위기를 비껴 나간 건 그 본능 덕분이었을 테 니까. 그렇지만 눈 꼭 감고 뛰어들어야 했을 때, 혹은 더욱 결연하게 정면으로 맞서야 했을 때 돌아서서 뛰었던 기억은 부끄럽고 아쉽다. 그러지 않았다면 내 삶은 어떤 모양새를 하게 됐을까. 분명한 건 지금과는 많이 달랐을 거라는 사실 이다. 고통을 통하지 않고서는 얻을 수 없는 것들을 제대로 쳐다보지도 못한 탓에 지금의 내 삶에는 허전한 구멍들이 적 지 않다.

고통은 행복의 반대말. 그러므로 행복해지려면 고통 에서 도망치면 된다고 단순하게 생각했던 시절이 있었다. 그렇지만 고통은 삶과 불가분의 관계라서 고통에서 도망치 는 것은 삶에서 도망치는 것과 같은 의미더라. 내 삶은 행복 과 고통, 그리고 수많은 온갖 크고 작은 감정들로 이루어져 있으니. 고통 없는 삶은 뒷면이 없이 앞면만 있는 동전, 안은 없고 겉만 있는 가방, 접착면이 없는 접착테이프, 필라멘트

없는 전구에 비교할 수 있으려나. 돌아보니 잘리고 필터링된 SNS 속의 사진 같은 납작한 삶만 남았다. 기억에도 남지 않고 타임라인처럼 뒤로뒤로 밀려나는 삶을 구경만 하고 앉았으니 시간이 더딜 리가 있나. 페이지가 없는 책 같은 인생이 벌써 이만큼이나 지나갔다.

## 17

**결혼에 성공하려면
서로를 오해해야 한다.**

《아서 경의 범죄》 중에서

## 관계의 기초,
## 오해

　　오스카 와일드는 '사랑의 작가'이지만, 결혼은 단 한 번만 했다. 열렬한 사랑 끝에 한 결혼이었지만 아니나 다를까, 그와 부인의 관계는 그리 좋지 못했다. 오스카 와일드 같은 사람에게 유머감각과 지성적인 면이 부족한 사람과 잘 살기를 기대하는 것은 어려운 일이다. 결혼생활이 죽을 지경으로 지루했다고 투덜댄 배경에는 결혼이라는 것 자체의 문제도 있다. 결혼생활은 편안함을, 다시 말해 변수가 적은 반복적인 일상을 요구하니까. 물론 그의 부인인 콘스턴스 메리 와일드에게도 예측할 수 없고 믿음직스럽지 못한 오스카 와일드가 좋은 배우자였을 것 같진 않다. 과연 그들이 처음 결혼할 때 서로에게 가졌던 오해를 끝까지 갖고 있을 수 있었다면, 그 모든 불행은 일어나지 않았을까?

　　나는 사람 사이의 관계에 상당히 낙관적인 편이다. 내가 좋아하는 사람들의 대부분이 내 기대를 저버리지 않았다. 그들은 존경할 만했고, 선량했고, 유머러스했다. 나는 그들에게 '내가 당신을 좋아하는 이유'를 꼭꼭 짚어 이야기해주곤 했다. 그리고 그들은 내가 그들에 대한 '오해'를 깨닫기 전에 나와 멀어졌다. 나는 영원히 진실을 알지 못하리라. 하지만 나는 그게 좋았다.

　　나는 나를 좋아하는 이들도 나를 오해하고 있다는 것을 안다. 나를 좋아한다는 것은 나를 오해한다는 것이다. 한 남자는 내게 "내가 만난 어떤 여자보다 여성적이다"라고 말했다. 큰 키와 짧은 머리 때문에 고등학교 때도 연극할 때 남자역을 도맡아 하곤 했는데, 내 어디에서 여성스러움을 발견했을까? 꼬치꼬치 물어보자 그는 내가 바느질을 좋아한다는 점을 들었는데, 그건 그저 뭔가를 만드는 것을 좋아하는 성격일 뿐이었다. 그렇게 따지면 나는 요리는 싫어하고 청소는 더더욱 싫어하는데 그것은 여성적인 것과 어떤 관계가 있을까? 하지만 나는 굳이 나서서 오해를 풀지는 않았다. 그렇게 생각한다고 내가 변하는 것도 아니고 그가 변하는 것도 아니니까.

　　친구네 집에서 처음 만난 사람들과 게임을 하며 놀던 날, 나는 오해의 즐거운 쓰나미에 휩쓸렸다. 게임의 방법은 '가장 ○○할 것 같은 사람'을 일제히 가리키는 것이었는데, 나는 '가장 양다리를 많이 걸쳐봤을 것 같은 사람', '가장 바람을 많이 피웠을 것 같은 사람', '가장 연애를 많이 했을 것 같은 사람' 등등의 문항에서 높은 지목도를 자랑했다. 실제 내 연애사는 좀 쓸쓸했기에 사람들이 그렇게 본다는 것이 흥미로웠다. 그러고 보니 많은 사람들이 내게 담배를 많이 피울 것 같다거나 술이 셀 것 같다는 말도 해주었다. 사람들의 오해를 모아 한 사람을 만든다면 꽤 다재다능한, 팜므파탈의 매력을 마음껏 뿌리는 사람이 될 듯싶다. 오해인 게 아까울 정도로 멋진 사람.

　　사실 오해가 관계의 기초가 된다면 그것도 그것대로 나쁘지 않다고 생각한다. 관계란 일종의 SNS의 타임라인 같은 거라서, 오해로 팔로잉했다가 실상을 알고 '언팔'하는 일이 부지기수로 일어나지 않는가. 그리고 그 과정에서 사람들은 기적적으로 진정 자신을 이해하는 사람을 찾기도 한다. '진정으로 나를 이해한다'는 것 또한 내가 이해하는 나와 그가 이해하는 내가 우연히 일치해서 일으키는 착시현상일 가능성이 높지만. 그러므로 여전히 오해일 가능성이 높지만.

모든 인간관계가 덧없다고 생각하는 것은 아니다. 사실 나는 수많은 '좋은' 관계들도 단단한 오해 위에 자리 잡고 있다고 생각한다. 인간관계의 꽃이라고 할 수 있는 연애도 상대방에 대한 환상에서 시작하지 않는가. 연애를 막 시작할 때 내가 상대방에 대해 생각하는 것을 말로 풀어보면 찬양 찬양도 그런 찬양이 없을 것이다. 저렇게 똑똑하다니. 저렇게 훌륭하다니. 저렇게 멋진 사람이 나를 좋아해주다니. 저 사람은 화장실도 안 갈 것 같아. 그 현상을 전문용어로 '눈에 콩깍지가 씌는 것'이라고 한다. 콩깍지를 통해 보는 세계는 푸르다. 내가 원하는 이상형이 겹쳐진 상대방에게는 비열한 모습도, 졸렬함도, 추레함도 없다.

하지만 결혼을 한다면 어떨까? 결혼은 인간관계를 넘어선 실전이다. 내가 선택한 사람과 평생 동안 인생의 중요한 고비를 함께 넘어야 한다. 그를 오해한 채로, 그리고 그의 오해를 내버려둔 채로 결혼을 해도 되는 걸까? 우리는 모두 인간적인 약점을 가지고 있다. 그것을 제대로 보지 않고 섣불리 '인생장기계약서'에 도장을 찍어버린다면 그 이후로 지난한 싸움이 기다리고 있으리라.

그렇기 때문에 우리는 상대에 대해서 아주 잘 알아야 상대와 결혼할 수 있다고 생각한다. 하지만 많은 경우, 결혼한 이들 또한 오랫동안 살펴본 덕에 아주 잘 안다고 생각했던 상대가 생각과는 전혀 다른 사람이라는 것을 발견한다. 물론 연애를 오래 하면 많은 것을 알게 되는 것은 사실이다. 상대방이 좋아하는 음식, 화났을 때의 대처방법, 일어나는 시간과 자는 시간, 양말을 보관하는 방법, 화장실 청소 주기, 습관적으로 하는 말, 미래의 계획……. 알고 나면, 결혼은 그저 서류상의 일일 뿐이라는 생각이 들기도 할 것이다. 그러나 그러한 자질구레한 것들을 아는 게 그 사람을 잘 알게 되는 것일까?

나와 남이 좋은 관계를 끝까지 유지하는 방법이 있다. 영원히 오해하는 것. 죽는 그 순간까지 그 사람의 좋은 점만 볼 수 있다면, 굳이 그 사람이 어떤 사람인지 이해하려 할 필요가 있을까. 내가 결혼을 한다면 나는 그를 잘, 그리고 영원히 오해하고 싶다. 내 눈의 푸르른 콩깍지를 절대 떼지 않고 살고 싶다.

## 18

그 여자는 성품은 영 팡이고
예의라곤 눈을 씻고 찾아봐도 없으며
못되기로는 런던에서 첫손가락에 꼽힌다.
좋게 말해주고 싶어도 해줄 말이 없다.
(…)
참고로 그 여자는 내가 알고 지내는
가장 훌륭한 친구 중 한 명이다.

대화 중에서

## 좋은 사람
## ≠좋은 친구

"왜들 이래? 나만 개새끼야?" 친구가 이렇게 말했을 때, 우리는 모두 깔깔 웃었다. 우리가 체면이나 어쭙잖은 도 덕심 때문에 하지 못한 말을 친구가 대신 내질러줬기 때문 에, 우리는 그 친구의 어깨를 두드리며 즐거워했다. 물론 과 장된 태도에도 불구하고 그 '위반'이 경미했기 때문에 더 거 침없이 즐거웠을 것이다. 대화 중의 작은 일탈은 나누는 말 을 더 탄력 있게 해주었고, 그 과정에서 우리는 은밀한 속내 를 조금쯤 더 내보일 수 있었다.

사람의 재미있는 점 중 하나는 '좋은 사람=좋은 친구' 는 아니라는 거다. 물론 좋은 사람이 좋은 친구가 될 가능성 은 높다. 좋은 사람은 다른 사람에게 상처 주기를 피하고, 친구의 상황을 사려 깊게 살핀다. 좋은 사람에게 마음 상하기는 쉽지 않다. 좋은 사람은 좋은 역할 모델이 되어주고, 매사에 올바른 견해를 제시해준다. 좋은 사람과 함께 있으면 물든다. 나도 좋은 사람이 된다. 그렇지만 좋은 사람이 늘 좋은 친구가 되어주는 것은 아니고, 좋은 친구가 좋은 사람인 것도 아니다.

친구의 애인이 양다리를 걸쳤다는 소식에 분개해 그 사람의 집에 달려가 따귀를 올려붙이는 짓을 '좋은 사람'은 할 수 없다. 친구에게 늘 독설만 퍼붓다가도 다른 사람이 친구 욕한다는 말을 들으면, 나는 할 수 있지만 너는 안 된다고 그 사람에게 달려가 화를 내는 '좋은 사람'이 있을 리가 있나. 오다 주웠다며 퉁명스럽게 선물을 툭 던지고, 네가 잘못했어도 나는 네 편이라고 공공연하게 말하고, 미장원 다녀왔는데 촌스럽다며 다시는 그 미장원에 가지 말라고 직설적으로 충고하고, 친구를 위해서라면 살인까지는 좀 그렇지만 도둑질 정도는 할 수 있다고 마음먹는 그런 사람. 좋게 말해주고 싶어도 그럴 건덕지가 없는 사람. 하지만 그런 친구가 있다면 정말 든든하겠지.

내 오랜 친구는 말했다. 자기가 잘못을 저질렀을 때, 내가 앞장서서 자신을 비난할 것이라고 생각한다고. 누구보다 네가 무서워서 나쁜 짓을 못하겠다고. 나는 좋은 사람이고 싶고, 좋은 친구가 되어주고 싶다. 그러나 좋은 사람일망정 좋은 친구는 되지 못하는 것 같다. 원래도 좋은 사람이었던 그는 내 눈치를 보며 간신히 좀 더 좋은 사람이 되었겠지만, 나는 그가 어떤 행동을 하느냐에 따라 거리낌 없이 그를 지지하거나 공격할 텐데 그런 관계에도 우정의 이름을 붙일 수 있을까. 그가 살인을 하고 왔을 때 자수를 권할망정 일단은 숨겨주는 마음, 그런 게 내게 있을까. 그가 위기에 처했을 때 나를 찾아가야겠다고 첫 번째로 떠올릴 수 있을까.

오스카 와일드는 화려한 스타에서 순식간에 추락하여 부도덕하다는 세간의 맹렬한 비난을 받았다. 그러면서 자신의 친구가 두 그룹으로 홍해가 갈라지듯 갈라지는 현장을 보았다. 아마도 그가 친구라 믿었던 사람이 그의 얼굴에 침을 뱉고, 그가 내심 무시했던 사람이 든든한 지지자가 되는 순간도 보았을 것이다. 인생에 닥친 고난에서 좋은 점을 찾는 것은 쉽지 않지만, 그가 우정에 대해 생각해보는 계기가 되었다는 점에서는 그나마 실낱같은 장점을 찾아낼 수 있으리

라. 이미 모든 일이 벌어진 이후에는 그것이 아무 의미가 없다는 것, 사랑 없이 살 수 없는 오스카 와일드에게는 그러한 갈라짐 자체가 큰 상처가 되었을 거라는 건 차치하더라도.

　매사에 공정하고, 다른 사람 때문에 화를 낼 때 그 사람의 입장도 생각해보라며 두둔하고, 촌스러운 옷을 입고 와도 너답다며 웃기만 하는 '좋은 사람'은 좋다. 그런 친구가 있다면 나는 인생을 제대로 살았다고 생각할 것이다. 하지만 우리에게는 이치에 맞건 안 맞건 옳건 틀리건 내 편이 될 수 있는 친구도 필요하다. 내게는 그런 '좋은 친구'가 있나? 그런 믿음직하고 두툼한 우정으로, 누구에겐가 좋은 친구가 되고 싶다. 범법 행위를 옹호하지 않는 한에서.

좋은 사람이 꼭
좋은 친구는 아니지!

## 19

# 사랑과 폭식은
# 모든 것을 정당화한다.

대화 중에서

## 너무 사랑해서
## 그랬다고?

"내가 너를 너무 사랑해서 그래." 상대방이 내게 큰 잘못을 했더라도, 이런 꼴을 당하느니 다시는 만나지 않는 게 낫겠다 마음먹었을 때라도 저 한마디의 말은 마음을 슬쩍 누그러지게 하는 힘이 있다. 저럴 정도로 나에게 쩔쩔매는 구나, 하는 마음도 있겠지만, 그보다는 제어되지 않는 사랑의 힘을 잘 알기 때문이다. 사랑을 하게 되면 내 속에서 내가 모르던 내가 막 튀어나오고 유치하고 폭력적이고 감상적이고 잔인한 성향이 증폭된다. 어느 순간 스토커가 된 나를 발견하기도 하고, 드라마퀸이 되어 뒹굴다 문득 정신을 차리기도 한다. 역지사지란 이럴 때 쓰는 말이다. 그동안 내가 한 짓을 생각하면 한 번쯤은 용서해줄 법도 하다. 한 번쯤은. 두 번은 안 되지만.

　한때 나는 사랑을 일종의 병 같은 것이라고 생각했다. 평소의 내게는 없던 '증상'들이 발현하는데, 어디서 바이러스처럼 침입해 오거나 외계인이 내 뇌를 조정하는 게 아니고서는 그럴 수가 없다 싶을 정도로 낯설다. 내가 이런 짓을 하다니? 내가 겨우 이런 사람이었나? 자기 자신의 바닥을 보려면 연애를 하라고 했던가. 사랑은 바닥부터 천장까지, 나라는 인간의 온갖 면모들에 샅샅이 불을 밝힌다. 나의 밝은 면과 저열한 면 모두 사랑의 힘으로, 대상을 향해 총가동된다. "너무 사랑해서 그래." 이 말은 그래서 일말의 진실이 된다.

　오스카 와일드는 사랑의 작가다. 아름다움에 대한 사랑을 드러내며 작가가 되었고, 사랑의 가치를 누구보다 잘 알았으며, 사랑 때문에 가장 저열한 바닥을 헤맸고 결국 죽음에 이르렀다. 또한 오스카 와일드는 폭식의 작가이기도 하다. 유미주의의 화신이 폭식의 화신이기도 하다니, 얼핏 아이러니해 보이지만 사실이 그러했다. 우리가 유미주의를 떠올릴 때 연상되는 이미지 — 창백한, 선이 가는, 여리여리한, 섬세한 — 와 오스카 와일드는 거리가 멀었다. 같은 시대의 사람들도 선입견을 가지고 그를 만났다가 깜짝 놀라곤 했다고 한다. 대식가에 주량도 센 그는 그를 비웃는 사람들을 왕성한 에너지로 눌렀다. 그는 도통 제어가 되지 않는 사람이었지만, 특히 사랑과 폭식에 있어서 그랬다.

사실 사랑과 폭식은 닮았다. 주체할 수 없고, 내 안에서 욕망이 이글이글 들끓는 게 느껴지고, 그 욕망을 걷잡을 수 없이 쏟아낸 뒤 후회한다는 점에서 그렇다. 머리와 손발이 따로 논다. 그만, 그만! 이라고 머리는 외치는데, 손은 제멋대로 움직인다. 새벽 두 시에 "자니?"라며 문자를 보내고 있거나, 혹은 입안에 음식을 쉴 새 없이 퍼 넣고 있거나. 이성은 흔적기관으로 남아있을 뿐, 사랑과 폭식을 제압할 수는 없다. 모든 것이 끝난 후에 "내가 뭐랬니" 해봤자 사랑과 폭식의 지배를 받는 이가 순순히 고개를 끄덕일 리 없다.

사랑과 폭식에 휘둘리고 나면 부끄럽고, 자괴감도 들고, 스스로를 좀 미워하게도 된다. 이불킥의 대부분은 사랑, 혹은 폭식 때문이지 않을까. 하지만 또 한편으로는 어쩔 수 없잖아, 하며 자신을 위안하는 이름이 되기도 한다. 사랑에 빠진 걸 어떻게 하나. 열병 같은 이 감정은 나도 모르게 걸리고 낫고 싶다고 낫는 게 아닌데. 폭식도 마찬가지다. 정신이 들었을 때쯤이면 이미 그릇은 바닥을 보이는 법. 내가 한 짓이 아니야, 라고 말하고 싶지만 그게 내가 한 짓이라는 건 터질 듯한 배가 이미 증명하고 있다.

　　그래서 정신건강을 위해서라면 뻔뻔해질 필요가 있다. 사랑과 폭식은 그 자체로 이유가 된다. 사랑하니까, 널 사랑해서 그래. 맛있는 걸 어떡해. 몸이 요구하는 걸. 다른 변명이 필요 없다. '사랑하니까'보다 더 파워풀한 이유가 어디 있겠나. 그렇지만 연약하고, 섬세하고, 여리여리한 이성의 가는 팔이 힘껏 잡아주지 않는다면 범죄자가 되는 건 순식간이다. 이 세상의 수많은 공식 법정과 마음의 법정은 사랑과 폭식을 이유로 행위를 정당화해주지 않는다. 용서해주지 않는다. 그게 정당화되는 때는 아직 우리 사이에 사랑이 남아있을 때, 아직 우리 사이에 음식이 남아있을 때뿐이다. 그나마도 곧 고갈되어버릴 사랑과 음식이. 오스카 와일드가 자신의 일생으로 증명해 보였듯이.

## 20

이기심은 내가 살고 싶은 대로
사는 것이 아니라,
남들더러 내가 살고 싶은 대로
살라고 하는 것이다.

《사회주의에서의 인간의 영혼》 중에서

# 이기적인 이들이 하는
# 이기적이라는 말

'착하다'는 말과 '강하다'는 말을 기억한다. 의자에 앉아 바닥에 닿지 않는 발을 꼼지락거리며 나는 어머니를 올려다보았다. 너는 착하니까 나를 곤란하게 하지 않을 거야. 너는 강하지만 너희 언니는 약하니까 엄마가 보살펴야 해. 너는 어디서도 잘 살 거야. 너는 강한 아이니까. 울지 않을 거야. 너는 착한 아이니까.

내가 사랑하고 믿고 의지하는 사람이 해준 칭찬이었고, 나는 그 말에서 한 치도 벗어나고 싶지 않았다. 진짜 내가 착한지, 강한지는 다른 문제였다. 실제로 그 평가를 한 사람이 내가 착하다고 생각했는지, 강하다고 생각했는지도 다른 문제였다. 태초에 착하다는 말이 있었고 그랬기 때문에 나는 착하게 굴었다. 내게서 나온 말이었겠지만 말이 나를 만들었다.

정확히 언제 깨달았는지는 기억나지 않는다. 그렇지만 깨달았을 때, 모든 것이 굉장히 선명하게 보였던 것만은 기억난다. 착하다는 것은 나에 대한 평가가 아니었다. 그것은 말한 사람의 바람이었다. 모든 일이 뜻한 대로 굴러가기 위해서는 내가 착할 필요가 있었다. 내가 원하는 것을 말하지 않고, 떼를 쓰지 않고, 말을 잘 들어야 할 필요가 있었다. 강하다는 것도 마찬가지였다. 내가 의젓한 척할 필요가 있었고, 의지하지 않고 독립적으로 굴 필요가 있었다. 복잡한 어른들의 세계는 그렇게 굴러갔다. 아이에게 착하다, 강하다는 문장을 하사한 뒤 그 문장으로 단추를 채웠다. 그래야 모든 일이 순조롭게 풀려갈 테니까. 그래야 방해하지 않고, 보이지 않는 곳에 순순히 있을 테니까.

아버지가 내게 "신기하게도 너는 걱정이 하나도 안 돼. 네가 뭘 하든"이라고 말해주었을 때도 마찬가지였다. 이 말을 전해 들은 언니는 코웃음을 치며 명쾌하게 번역해주었다. "그건 너한테 일말의 신경도 쓰고 싶지 않다는 얘기야."

평가는 평가한 사람이 원하는 바를 담고 있다. 그 말들은 다른 형태로 무수히 반복된다. 얼마 전에 들었던 말은 이랬다. "너 페미니스트 아니잖아. 너 그렇게 과격하지 않잖아." 페미니스트는 과격하다, 라는 공식 자체가 맞는지 안 맞는지를 떠나서, 그 문장은 이미 내가 과격하지 않을 것을, 내가 원하는 바를 말하지 않을 것을 지시하고 있었다. 그 말의 어감에서는 냄새가 났다. 익숙한 냄새였다. 나를 위한다는 제스처, 뜻밖이라는 제스처, 나를 꿰뚫어보고 있다는 제스처, 나를 안심시키고 다독이는 제스처.

덕분에 사람을 빨리 판단하고 규정하는 것이 어떤 것인지 일찍부터 알았다. 사람들은 자신의 편의에 따라 다른 사람을 판단한다. 그 안에는 이기적인 욕구가 바글바글하다. 다른 사람을 제 마음대로 조종하고 싶다는 욕구. 다른 사람이 만드는 변수에 영향을 받고 싶지 않다는 욕구. 자신의 세계 안에 붙박이 가구처럼, 여기저기 제가 원하는 곳에 배치하고 이용하고 싶다는 욕구. 그렇기 때문에 사람들은 타인을 가로로 분류하고 세로로 나눈다. 몇 가지 유형을 만들어 이름을 붙이고, 사람들의 수준을 평가하고 그에 따라 칸칸이 수납한다. 다른 사람에 대한 칭찬 또한 지배욕을 내포

하고 있다. "나는 네 위에서 너를 평가할 수 있는 사람이야. 너는 내가 말하는 것을 명심하고 그에 따라 움직여야 해." 칭찬의 문장을 뒤집어보면 취급방법을 적어놓은 상표처럼 위와 같은 문장이 적혀있다. 말하는 사람이 자각하고 있는지 아닌지와 상관없이.

그 욕구에 휘둘리고 싶지 않다. 휘둘리며 살아온 세월은 그 정도면 충분하다. 그러나 자기의 이기적인 동기 때문에 다른 사람을 평가해온 사람들이 마지막으로 내게 붙인 라벨은 아이러니하게도 '이기적이다'라는 것이었다. 두 가지 이유였다. 자기 말을 듣지 않는다는 것. 남들처럼 살지 않는다는 것.

나를 포함하여 지금의 젊은 세대 여자들이 이기적이라고 불리는 지점은 이렇다. 결혼하지 않는다. 아이를 낳지 않는다. 시댁을 모시려고 하지 않는다. 자기가 번 돈을 자기를 위해 쓰려고 한다. 다시 말해, 희생하지 않으려고 한다는 것이다. 비교대상은 희생을 일상적인 일로 받아들이고 산 윗세대의 여성들이다. 이기적이라고 비난하는 이들은 비교하고 평가하려 하지만, 분석하려 하지는 않는다. 무엇이 자

기에게 유리한지, 자신의 이기적인 욕구에 부합하는지 본능
적으로 잘 알기 때문이다.

　　얼마 전 인터넷에서 유머처럼 퍼져나갔던 오타는 그
런 의미에서 일말의 진실을 담고 있다. "남에게 일해라 절해
라 하지 마세요." 자신을 위해 일하기를 바라고, 자신을 섬
기며 절하기를 바라는 사람들이 던지는 평가와 질타의 그물
망이 지천이다. 그 사이에서 오스카 와일드가 냉소하며 던
진 한마디를 곱씹는다. 이기적인 사람들은 자신을 위해서
사는 사람들이 아니라, 남에게 자신의 뜻대로 살라고 하는
사람들이라는 그 말.

## 21

도덕성이란 우리가 개인적으로
싫어하는 사람을 대할 때
취하는 태도다.

《이상적인 남편》 중에서

## 감정의 이유 없음을
## 인정한다는 것

아직 같은 반 아이들과 서먹서먹하던 고등학교 시절의 어느 날, 수업이 끝난 후 교실에서 아이들 몇 명과 우연찮게 수다를 떨게 되었다. 앉는 자리가 떨어져 있어 얘기를 나눠본 적이 기의 없는 아이들이었다. 우리는 의외로 서로의 취향이 맞는다는 사실에 놀랐고, 화제가 흥미롭게 이어지면서 흥분했다. 깔깔 웃었고 책상 위로 몸을 굴렸다. 누군가는 눈물까지 글썽였다. 이렇게 친구가 생기는구나 싶었다.

나처럼 흥분한 한 아이가 사진을 보여주겠다며 나서다가 문득 멈칫했다. 묘하게 내 눈을 피하며 "내가 너흴 잘 모르던 때의 사진이라……" 말끝을 흐렸다. 우리는 즐거운 기세를 몰아 말을 꺼냈으면 보여줘야지 왜 그러냐며 아이를 밀어붙였다. 아이는 결국 마지못해 사진을 꺼내왔는데, 학기 초에 반 전체 아이들이 같이 찍은 단체사진이었다. 아이는 그 사진 위에 볼펜으로 그림을 그려두었다. 자기가 좋아하는 애는 환한 동그라미를 두르고 싫어하는 애는 얼굴을 새카맣게 칠했다. 얼굴이 새카맣게 칠해져 있는 아이는 두 명이었는데, 그중 하나가 나였다.

나는 늘 나를 무해한 종류의 인간이라고 생각했다. 사람들이 날 좋아할 만한 대단한 매력은 없을지 몰라도, 나를 싫어할 만한 이유도 많지 않은 그런 인간. 존재감이 없진 않지만 그렇다고 날카롭게 튀지도 않는 인간. 어쩌다 누군가 날 싫어한다는 것을 알게 되면 "내가 싫어할 구석이 어딨어"라며 의아해하곤 했다. 단점이 없다는 얘기는 아니다. 그렇지만 그 정도의 단점이 '싫다'는 적극적인 감정을 불러낼 만큼 크다는 것을 믿기 어려웠다. 사람에게 밀착하지도 않고 극단적으로 밀어내지도 않는 무해한 나를 누가 좋아해주길 바라는 것은 언감생심이라 해도, 싫어하지 않기를 바라는 건 할 만하지 않은가.

그렇지만 누군가를 싫어한다는 것은 좋아한다는 것

만큼이나 신비한 일이다. 대부분의 경우 이유를 찾기 어렵다. 먹는 모습이 밉상이어서, 호감을 표시했는데 반응이 미적지근해서, 내가 저어하는 말버릇이 있어서, 내가 싫어하는 사람을 닮아서, 내가 좋아하는 사람이 탐탁지 않게 말해서……. 굳이 이유를 찾으려면 찾을 수도 있지만 남에게 설명하기에는 부족하다. 그렇다고 남을 이유 없이 싫어하는 것도 안 될 말. 제대로 된 인성을 가진 사람이라면 남을 겨우 그 정도의 이유로 싫어하면 안 되지.

그럴 때 사람들은 보편타당한 이유를 적극적으로 찾기 시작한다. 싫어할 이유가 있어 싫어한다기보다, 싫으니까 이유를 찾는 것이다. 누구나 긍정할 만한 이유. 긍정을 넘어 동조하고 함께 규탄에 동참해줄 이유. 우리 모두가 인정하는 공통된 가치를 휘적휘적 뒤지다 보면, 도덕성의 잣대를 들이댈 때 합당한 이유를 찾기 쉽다는 것을 알게 된다. '도덕적으로 문제가 있는 사람'이라는 그럴듯한 이유가 만들어진다.

내가 싫어하는 사람에게 도덕적인 이유를 갖다 씌우는 것은 반대로 '도덕적으로 문제가 있는 사람을 싫어하는 나'를 우위에 놓는 부수적인 효과를 낳는다. 나는 그에 비하면 훨씬 깨끗하고 올곧은 사람이다. 내 결백함 때문에 그의 부도덕함을 견딜 수가 없는 것이다. 나는 남을 막 싫어하는 그런 사람은 아니지만, 그의 명백한 부도덕성은 나까지도 그를 싫어하지 않을 수 없게 만든다는 논리. 악의를 가지고 일부러 그러지는 않는다 해도, 합리화 과정이라는 것은 결국 남을 깔아내려 나를 높이는 일이다.

그 사진을 보고 나서 어떤 이야기를 주고받았는지, 그 아이와 그 후 어떻게 지냈는지는 기억나지 않는다. 기억에 남지 않는 것으로 보아 극적으로 친해지지는 않았던 모양이다. 그러기에는 내가 옹졸하기도 했을 게다. 그러나 그후, 누가 나를 싫어한다는 말을 들으면 그때 보았던 사진을 떠올린다. "네가 싫어"라는 말보다 훨씬 더 충격적이었던 사진. 나를 잘 알지도 못하는 누군가가 나를 싫어하다 못해 내 존재를 지우려 했다는 것을 직접적으로 보여주는 사진. "싫어할 구석이 어디 있어"라는 내 항변이 사실은 아무런 근거가 없다는 것을 보여주는 사진. 다시 말해, 우리 모두는 이유 없이 남을 싫어하거나 좋아할 수 있으며, 그 '이유 없음'이 사실 모든 관계의 두터운 토대라는 것을 말해주는 사진 한 장.

　　그 진실을 이미 알고 있던 오스카 와일드는 도덕적인 태도를 비웃었다. 그는 사회에서 요구하는 것과는 다른 기준을 세우고, 사람들의 점잖은 겉치레를 아이러니와 요설로 비웃었다. 사람을 좋아하는 데 열렬했고, 사람을 싫어하는 데 정직했다. 결국 그는 사회의 도덕률에 의해 몰락했다. 그를 단죄한 선고문은 그럴 수 없을 만큼 강렬한 어조로 그의 '부도덕함'을 질타했다. 방청석에서는 공감의 고함이 터져 나왔다. 그의 혜안에 따르면, 당시의 사회는 오스카 와일드를 '개인적으로 싫어'했던 것이다. 그를 죽음에 이르게 할 정도로 집요하고 음험하게.

## 22

어떤 사람을 판단할 때는
그가 친구들에게 어떤 영향을
주는지를 따져야 한다.

《도리언 그레이의 초상》 중에서

## 사람을 판단할 권리,
## 판단할 자격

오스카 와일드는 누구에게 영향을 받았을까? 그가 영
향을 주었던 사람들은 떠올리기 쉽지만, 마치 외계에서 짠,
하고 나타난 듯한 오스카 와일드에게 영향을 준 사람을 헤아
려보는 것은 쉽지 않다. 활력으로 가득 찼던 그의 아버지와
화려하게 꾸미기를 좋아했던 그의 어머니는 분명 그에게 많
은 영향을 주었을 것이다. 그러나 그는 부모에 대한 애정에
도 불구하고 그들에 대해 직접적으로 언급한 적이 거의 없
다. 그는 '오스카 핑걸 오플래허티 윌스 와일드'라는 기나긴
이름을 조각내어 하나씩 버려간다. 많은 사람이 언급할 이름
은 너무 길어서는 안 된다는 게 표면적인 이유였다. 열기구
타는 사람이 더 상승하기 위해서 짐을 떨어뜨리듯 이름을 떨
구어야 한다는 게 그의 설명이었다. 하지만 나는 그가 선조

와 가족으로부터의 영향과는 무관한 독자적인 인간임을 간접적으로 선언하고자 이름을 버린 게 아니었을까 생각한다.

그와 달리 평범한 나는 다른 사람들과 마찬가지로 살면서 많은 사람들을 만났고, 많은 이들에게 영향을 받았다. 내 인생의 첫 '나쁜 친구'는 놀이터에서 만났다. 갓 이사하고 아무도 아는 사람이 없는 동네 놀이터에서, 나는 놀고 있는 여자아이에게 다가가 무작정 친구 하자고 말을 걸었다. 그 후 언니들이 겹겹이 있고 어른은 없는 그 여자아이의 집에 무시로 드나들었다. 내 인생 첫 브래지어도 그 친구의 언니가 물려주었다. 좁디좁은 방에 둘러앉아 고스톱을 치고, 몇 백 원을 따거나 잃었다. 부엌에 딸린 작은 다락에 친구와 무릎을 붙이고 앉아《선데이 서울》을 읽었다. 어른들은 나쁘거나 나쁠 예정이었고, 그 와중에 말도 안 되게 작은 그 집은 말도 안 되게 복작복작 평화로웠다.

친구의 언니의 남자친구의 친구가 모는 오토바이 뒤에 타고 심야 드라이브를 했다가 배기통에 데어 생긴 종아리의 화상 흉터는 꽤 오래갔다. 그 집의 평화는 그에 비해 무척 짧았다. 아버지의 죽음과 작은 언니의 가출과 연이은 크고 작은 불행이 빗자루로 쓸어 내듯 그 집의 평화를 쓸어 내버리는 동안 나도 어영부영 그 작은 집에서 쓸려 나갔다. 오랜 시간이 지난 뒤에 만난 그 친구는 대학생 오빠를 사귀고 있었던가. 그 오빠와 술을 마시고 자러 올라갔던 학생회실에서 밤새 모기에 시달렸다는 얘기는 선명하게 기억하고 있다.

그 뒤로도 나는 많은 친구들을 만났다. 그것이 좋은 영향이건 나쁜 영향이건 간에, 수많은 영향이 오고 갔다. 그들이 나를 조각했다. 어떤 것들을 덧붙이고 어떤 것들을 후벼 파냈을까. 그때 그들을 만나지 않았다면 나는 조금쯤은 다른 사람이 되었을까.

또 다른 친구와는 크고 작은 파티를 열고 온갖 재미있어 보이는 것들을 같이 배우러 다니고 여행 계획을 짜고 같이 여러 권의 책을 냈다. 부지런한 어미새처럼 재미있어 보이는 이야기들을 서로 물어오고 들려주고 놀 계획을 짠다. 명랑한 개그만화 캐릭터처럼, 장소팔 고춘자 만담 콤비처럼 쿵짝쿵짝 호흡을 맞춰가며 닮았다는 소리도 곧잘 듣지만, 처음 만났을 때의 나는 어두운 문학청년이었다고 그 친구는 말한다. 그 친구를 만나지 않았다면 나는 아마도 어두운 술

집 구석에 앉아있다가 새벽에 들어가 다음 날 해질녘까지 집에서 나오지 않으며 시 나부랭이나 끄적거리고 있었으리라, 했더니 그 친구는 나를 만나지 않았더라면 혼자 고독하게 철학을 들이 파며 학문의 외길을 걸었으리라, 하더라. 우리는 서로에게 '나쁜 친구'인 걸까. '좋은 친구'인 걸까.

친구를 잘못 만나서, 는 꽤 자주 듣는 말이다. 똑똑하고 착하고 성실하고 기타 등등의 수많은 장점을 가진 아이가 '친구를 잘못 만나서' 겪는 인생의 일탈은 어디서나 들을 수 있다. 얼마나 많은지 바로 그 일탈이 모여 마을을 이루고 지금의 사회를 이루고 있겠구나 싶을 정도다. 세상의 그 많은 '나쁜 친구'들은 어디서 오는 것일까? 평생을 살면서 한 번도 나쁜 친구를 만나지 못했다면 자신의 인간관계의 비좁음에 대해서 한 번쯤은 고민해봐야 하는 것 아닐까?

나쁜 친구가 있으면 어딘가 좋은 친구도 있을 테지만, 좋은 친구는 원래 눈에 잘 안 띌 운명을 타고났다. 잘되면 내 덕, 잘 안되면 남 탓하는 습관 때문일 게다. 어쩌면 누군가에게는 나쁜 친구가 누군가에게는 좋은 친구이기 때문에 더 눈에 안 띄는 것일 수도 있겠다. 나는 어떨까? 누구에게는 좋은 친구일 테지만, 누군가의 인생을 나락으로 떨어 뜨린 나쁜 친구였던 적도 있었겠지. 그리고 '나쁜 친구의 얼굴'은 나를 대표하게 된다. 내가 내 인생을 얼마나 잘 꾸려나 가는가, 선행과 성실함으로 잘 건사해가는가와 무관하게, 그렇게 나는 언급되고 평가되고 판단되고 심하면 매장되기 마련이다. 앨프레드 더글러스가 오직 오스카 와일드를 추락 시킨 인물로만 기억되듯이.

남에게 미친 영향으로 그 사람을 판단하는 것은 당연 히 유용한 기준이다. 그렇지만 모든 영향은 좋거나 나쁘거 나, 둘 중의 하나일 수만은 없는 법. 인간이 얼마나 복잡한 동물인지 우리는 가끔 잊는다. 그 복잡함의 금을 하나도 밟 지 않고 어떤 한 사람이 끼친 영향을 온전히 볼 수 있을까?

나의 첫 나쁜 친구는 내게 코바늘 쥐는 법을 가르쳐주 었다. 친구와 언니들과 둘러앉아 하얀 실이 꼬질꼬질해질 때 까지 풀었다 다시 떴다. 그때 배웠던 코바느질은 꽤 유용해 서, 예쁜 실타래가 생기면 무엇을 만들어볼까 궁리하게 된 다. 굳이 타이틀을 붙이자면 나쁜 친구이겠지만, 나는 그 친 구에게 인생에 유용한 것들을 제법 많이 배웠다. 그러고 보니 좋은 친구였구나. 친구를 평가하는 것은 이토록 힘들다.

오스카 와일드는 결국 '나쁜 친구' 때문에 몰락했다. 가족과 생이별을 했고, 재산을 모두 잃었으며, 혹독한 감방 생활의 영향으로 수명마저 짧아졌다. 그가 어느 누구의 영향도 받지 않은 것처럼 홀로 승승장구했던 시절과 '나쁜 친구'의 영향으로 추락했던 시절은 너무나 극적으로 달라서 마치 다른 사람의 인생 같다. 그렇지만 우리가 기억하는 오스카 와일드는 주로 '꽃의 시절'의 그다. 그때야말로 그가 친구들에게 가장 많은 영향을 주던 시절이기 때문이다.

내가 끼친 영향은
말할 것도 없지!

## 23

사람을 착한 사람과 나쁜 사람으로
나누는 것은 한심한 짓이다.
사람은 매력적이거나 지겹거나
둘 중에 하나다.

《윈더미어 부인의 부채》 중에서

## 착한 사람, 나쁜 사람,
## 매력적인 사람, 지겨운 사람

'생불(生佛)'이라는 소리를 들었던 적이 있다. 내가 좀 착하게 굴기는 했지. 괴로워하는 이를 두고 보지 못해 학교 수업도 안 들어가고 허구한 날 옆에 붙어서 눈물 닦아주고 하소연 들어주며 한 시절을 보냈다. 내 덕분에 그 분이 어려운 시기를 잘 넘겼는지는 모르겠지만, 다른 사람에게 내가 생불이라고 하더라는 소식은 건너건너 들었다. 살면서 못됐다는 소리를 들은 적이 많지 않지만, 그만큼 착하다는 소리도 많이 들은 편은 아니라서 살짝 놀라웠다. 부처 되기가 이렇게 쉽다니. 물론 그 시기가 내게 쉬웠다는 얘기는 아니다. 그 시절의 내 행동만으로 내가 무려 생불로 불릴 만큼 착하다고 할 수 있는가, 하는 놀라움이었다. 그동안에도 나는 누군가에게는 '나쁜 사람'이었을 수 있으니까.

"사람은 착해"라는 짧은 평에는 여러 가지 의미가 담겨있다. 대부분의 경우 "그 사람은 내게 잘 해줘"일 가능성이 높다. 내게 떡이라도 하나 더 주거나, 나를 배려해주었을 때 그 사람은 '착한 사람'이 된다. 사람은 신이 아니다. 기준이 내부에 있을 수밖에 없다는 이야기. 그런 의미에서, '나쁜 사람'은 내게 잘못한 사람일 게다. 아무리 객관적으로 생각하려 해도 사람인 이상 벗어나기 힘든 기준이다.

사람이 다른 사람을 착한 사람과 나쁜 사람으로 나눌 때에는 아주 실용적인 의도가 개입된다. 내게 뭔가를 주거나 내게서 뭔가를 빼앗아갔다는 것만이 기준은 아니다. 아직 나와는 별일 없었다 해도 '내게 조금이라도 도움이 될 사람'과 '내게 해를 끼칠 사람'을 미리 나누어놓는 것은 유용하다. 평소 가까이하면 덕을 볼 사람을 곁에 두고, 근처에 있다가 어떤 불똥이 튈지 모르는 사람을 멀리 두어야 한다. 착한 사람/나쁜 사람의 구분은 그런 의미에서 필요하다.

착한 사람과 나쁜 사람으로 인류를 나누고 싶어 하는 사람들은 그 기준을 객관적이고 절대적인 것이라고 포장하고 싶어 한다. 주관적인 판단이 아니라는 것이다. 뒷받침하기 위해 흔들리지 않는 윤리적 기준이 동원된다. 그렇게 감별, 분류된 상황에 타인의 평이 겹겹이 쌓여 논리적 귀납법이 성립된다고 그들은 주장한다. 그렇게 해서 선정된 착한 사람에게 그들은 절대 배신당할 리 없다고 믿고, 그렇게 해서 낙인찍은 나쁜 사람은 갱생의 가능성이 결코 없다며 파묻어 버린다.

이런 단순한 시도, 이 세상의 모든 것을 선과 악으로 나누려는 시도는 실패할 수밖에 없다. 세상은 그렇게 단순하지 않으니까. 사람은 그렇게 선명하지 않으니까. 누군가에게 착한 사람이 다른 누군가에게는 나쁜 사람일 가능성은 많고, 그 역도 많다. 자기 가족을 지키기 위해서 남에게 사기치는 사람이라는 극단적인 예를 들지 않더라도 인간이라는 복잡한 동물이 상황과 조건 속에서 자신의 행동을 결정한다는 건 쉽게 알 수 있다. 물론 그 와중에도 한편에 테레사 수녀처럼 공인된 착한 사람이 있고, 다른 한편에는 연쇄살인범처럼 말할 나위 없이 나쁜 사람이 있다. 하지만 천하의 테레사 수녀도 논란에 휩싸여 있는 것을 보면, 절대적으로 착한 사람은 없다고 봐야 하지 않을까 싶다.

착한 사람/나쁜 사람의 분류법은 믿을 만하지 못하다는 것 뿐만 아니라, 재미없다는 면에서도 좋은 기준은 아니다. 주변이 착한 사람으로만 가득 차있다면 살기가 편해질 수는 있겠지만 너무 재미없지 않을까? 예측 가능한 관계들, 예측 가능한 반응들. 조금이라도 예측 불가능한 태도는 당장 의심을 사고, 착한 사람/나쁜 사람 감별기가 작동하기 시작한다. 그렇게 만들어진 세계는 잘 흔들리지 않고, 그러므로 평화롭다. 다시 말해, 뻔하다.

인생이 조금 더 흥미로워지기를 바란다면, 오스카 와일드의 조언에 귀 기울여보는 것은 어떨까. 어차피 주관적인 판단이라면 착한 사람/나쁜 사람보다, 매력적인 사람/지겨운 사람의 구분이 더 유용할 것이다. 매력은 매력적이니까. 내게 어떤 사람이 되고 싶냐고 묻는다면, 착하지만 지겨운 사람보다는 나쁘지만 매력적인 사람을 선택하겠다. 물론 착하고 매력적인 사람이라면 더할 나위 없겠지만 인생이 내 마음대로 굴러가던가. 암만 생불 소리를 들어봐야 당장 내 옆에 있는 사람에게 지겹게 여겨진다면, 그것은 그 자체로 나쁘다. 나쁜 사람이다.

## 24

사랑이 필요한 사람은
완벽한 사람이 아니라,
결함이 있는 사람이다.

《이상적인 남편》 중에서

## 연애, 내가 당신을 보완하고
## 당신이 나를 지지해주는 순간

나는 오랫동안 내가 존경할 수 있는 사람만을 사랑한다고 말해왔다. 존경과 사랑이 다른 것이라는 건 알고 있지만, 내가 존경하지 않는 사람을 사랑할 수는 없었다. 사랑은 늘 감탄 뒤에 따라왔다. 감탄이 길을 내고, 사랑이 그 뒤에 종종종 들어왔다.

내가 사랑한 사람들은 지금 생각해봐도 너무나 완벽해 보이는 사람들이었다. 어쩌면 그럴 수 있을까, 싶을 정도로 완벽한 사람들. 한 마디 한 마디 할 때마다 감동하고, 움직일 때마다 찬사를 보냈다. 그런 사람을 만났다는 것 자체가 대단한 행운이라고 생각했다. 지금 다시 생각해보면, 첫 감탄은 거짓이 아니었겠지만 이후의 감탄은 눈에 콩깍지가 씌어서 가능한 것이었으리라. 사랑이 눈멀게 해서 가능했으리라.

완벽한 사람이 나를 사랑하게 되는 건 상상하기 어려웠지만 그런 일들은 곧잘 일어났다. 감읍하고 스스로의 행운을 못 믿어 했다. 그에게 어울리는 사람이 되고 싶었다. 나는 내 부족한 점을 잘 알고 있었고, 불완전한 이들이 그러하듯이 그러한 결함을 능숙하게 감추지 못했다. 그러나 놀랍게도, 그들은 내게 감탄하곤 했다. 서로의 콩깍지가 조화롭게 작동하던 순간, 짧지만 인상적인 순간이 있었다. 그런 게 연애라고 믿었다.

지금은 알고 있다. 그들이 내 사랑을 받아들이고 나를 사랑했던 건 결함이 있기 때문이었다는 것을. 완벽한 사람의 매끄러운 표면에는 내 갈고리 같은 사랑이 걸릴 데가 없으니까. 작은 균열, 확연하지 않은 비대칭, 눈에 띄지 않는, 그러나 결정적인 모순들. 아무리 콩깍지가 두터워도 시간이 지나면서 그런 결점들은 자연히 눈에 들어왔다. 결점을 발견할 때마다 실망하기도 하고 더 깊이 사랑하기도 했지만, 여하튼 연애는 비틀거렸다. 그들이 완벽하기 때문에 사랑했는데, 그들이 완벽하지 않기 때문에 나를 사랑한다는 것은 예상치 못한 데서 허공을 짚는 느낌이었으니까. 내 사랑이 허공에 떠있다는 걸 확인하는 기분이었다.

그렇지만 결국은 알게 되었다. 그들이 내 사랑을 받아들인 것이 결함이 있기 때문이었듯이, 내 사랑이 싹튼 이유도 바로 그들의 결함 때문이었다는 것을. 감지하지 못했지만 이미 알고 있었던 불균형 때문이라는 것을. 서로가 스며들 틈새를 알아보았기 때문이라는 것을. 네가 감탄하고 존경했던 것은 그들이 완벽한 인간이라서가 아니었다. 그들이 '그럼에도 불구하고' 훌륭한 사람들이었기 때문이다. 연애를 시작한 뒤에 많은 결함을 발견하고도 사랑이 쉽게 식지 않았던 것은, 결함이 있다고 훌륭한 사람이 아닌 게 아니라는 것을 알고 있었기 때문이다.

그런 것이 가능할지 모르겠지만 '완벽한 사람'이 있다면 그들에게는 다른 사람이 필요하지 않을 것이다. 불안정한 감정이 수시로 개입하거나 결함 있는 사람이 자신의 영역 안에 들어오는 것을 참을 수 없을 것이다. 완벽한 사람이 연애를 한다면 그 상대는 자기 자신이어야 하리라. 그들이 자신만큼 완벽한 상대를 찾을 수 있을 리는 없으니까.

그들과 달리, 우리 같은 결점이 많은 사람들은 다른 결점을 가진 사람과 손 맞잡으면서 완벽에 조금 더 다가간다. 서로의 울퉁불퉁한 면에 맞춰가면서 그럭저럭 둥근 공을 만들어낸다. 사람들 사이에 사랑이 필요하다는 것은 다시 말하면 우리는 모두 결점을 가진 인간이라는 뜻이리라. 부족한 사람들이 기우뚱거리며 살아가기 위해서는, 다른 부족한 사람들의 포옹과 부축이 필요하다. 우리는 그것을 사랑이라고 부른다.

하지만 그래도 여전히 나는 사랑의 길을 감탄으로 튼다. 내 마음에 쏙 들어와 안기는 첫 순간이 감탄이기를 바란다. 그래야 더듬더듬 서로의 결함을 메워나갈 수 있으니까. 당신이 내게 감탄하는 지점과 내가 당신에게 감탄하는 지점이 다를 때 서로에게 도움이 될 수 있으니까. 나는 여전히 내가 당신을 보완하고 당신이 나를 지지해주는 순간, 그 순간이 연애임을 믿는다. 그것이 연애의 모든 것은 아닐지라도.

우리는
완벽하지 않기에
사랑하지.

## 25

'취향이 좋으니까'라는 말은
내가 인생을 막 살면서
항상 부르짖는 변명이다.

《어니스트 놀이》 중에서

## 존중해주세요,
## 제 취향입니다

사는 것은 곧 취향을 쌓아가는 것이다. 살면서 보고 듣고 맛본 모든 것들과 몸에 남긴 흔적이 바로 취향이다. 좋았던 기억은 좋은 것을 찾게 만들고, 나빴던 기억은 나쁜 것을 멀리하게 만든다. 취향은 개성이 되고 고집이 되고 나를 표현하는 언어가 된다. 나이가 어릴 때는 타고난 신체적 특징이 나를 대변한다면, 나이가 들어서는 내 취향이 나를 대변한다. 오스카 와일드의 취향이 오스카 와일드가 되었듯이. 나는 취향이 좋은 사람인가? 그렇다. 나는 막 살아왔기 때문이다.

좋은 취향은 어떻게 쌓이는가. 인생을 막 살아야 쌓인다. 다시 말해 실패를 많이 해봐야 쌓인다. 실패를 두려워하지 않아야 쌓인다. 실패의 경험이 쌓인 만큼 교훈이 쌓이고, 성공의 경험이 쌓인 만큼 기준이 쌓인다. 취향은 경험에 비례하여 정교해진다. 그 많은 경험들이 결국 모두 검증 과정이기 때문이다.

물론 그렇게 단순하지만은 않다. 좋은 취향의 물건들은 대부분 비싸고, 비싼 물건을 실패에 대한 겁 없이 시도할 만큼의 부자는 그리 많지 않다. 단순히 경험의 문제만으로 치부한다면 취향이야말로 빈익빈 부익부의 악순환에서 벗어날 수 없을 것이다. 그러나 취향은 늘 예상을 벗어난다. 부자들의 취향이 의외로 검박하기도 하고, 가난한 자의 취향이 섬세하고 세련된 경우도 많다. 취향을 결정하는 경험의 폭이란 게 상당히 넓다는 뜻이겠다.

얼마 전 읽은 글에서 저자는 여유 없는 삶이 얼마나 취향을 억누르는가에 대해 토로했다. 한 번의 쇼핑도 실패하면 안 되기 때문에 늘 무난하거나 써본 것에 머무르게 된단다. 취향을 확대하거나 검증할 수 있는 통로가 차단된 상태에서 저자는 꼬들꼬들 말라갔다, 고 한다. 실패하면 안 되는 삶은 다시 말해 성장할 수 없는 삶이다. 있는 그 자리에서 한 걸음도 벗어날 수 없는 삶이다.

그러나 다행히 우리는 다양한 방법으로 취향을 건드리고 시험하고 바꿀 수 있다. 소유하려면 어마어마한 돈이 들어가는 작품들을 비교적 저렴하게 볼 수 있는 통로가 있고, 정말 좋은 것이 무엇인지 말해주는 책을 쉽게 구해 읽을 수 있다. 명품을 살 수 있는 방법은 없지만 쇼윈도는 누구나를 향해 활짝 열려있다. 좋은 것을 많이 보면 좋은 것을 알아볼 수 있게 된다. 그것은 콩 심은 데 콩 나고 고양이가 고양이를 낳는 것만큼이나 자명하다. 게다가 우리에게는 기가 막히게도, 상상력이라는 것이 있다. 좋은 것만 가져다놓은 그 가상의 온실 안에서, 취향은 제 나름대로의 좌충우돌을 하며 단단한 외피를 만든다.

그러나 가난한 이에게 좋은 취향이란 과연 좋기만 한 것일까. 싸구려에 만족할 수 없고 짝퉁을 혐오하는 취향으로 매번 가성비를 따져야 하는 삶을 살아가야 한다는 것은 일종의 형벌 아닐까. 이케아 세대라는 말도 사치스럽다며, 우리는 다이소 세대일 뿐이라며 천 원 이천 원짜리 물건 사이를 기웃거리는 자신을 처량해하지 않으며 살 수 있을까.

가난은 좋은 취향을 억누르고 유예하도록 강요한다. 다른 사람이 쓰던 물건을 물려받을 때는 취향을 따지기 어렵고, 싼값에 살 수 있는 물건들을 발견하면 없을 때의 불편을 감안해 좁은 공간에 쌓아놓더라도 차마 버리지 못하게 된다. 여유가 없을 때 취향은 늘 뒷전으로 밀린다. 그러다 보면 취향 자체도 나빠지기 마련이다.

그러나 아이러니하게도 좋은 취향은 초라한 삶을 견디게 해준다. 삶의 질을 높여준다. 눈이 높으면 가난해도 쓰레기 더미에 휩싸이지 않을 가능성이 높다. 좋은 것을 살 수는 없어도 나쁜 것을 선택하지 않을 수는 있기 때문이다. 그리하여 결국 가진 것 자체가 적으면 어떤가. 미니멀리스트들은 자신이 가진 물건의 숫자를 최소한으로 줄이면서 갖고 있는 물건의 가치를 최대한으로 높인다. 그들의 초점은 버리는 것이 아니라 좋아하는 것만 남기는 것이다.

나는 취향이 좋은 사람인가. 그렇다. 일부러 소리 높여 그렇다, 라고 이야기한다. 내가 살면서 선택해온 것들이 나를 만들었다. 내가 살고 싶은 대로 살 때, 내가 원하는 것을 원하는 방식으로 가질 때, 다른 사람들이 그것에 대해서 뭔가 참견하고 싶어 한다면 그때는 말해야 한다. "존중해주세요, 제 취향입니다." 난 취향이 좋으니까. 오랫동안 들여다보며 취향을 갈고닦아 온 시간이 자격을 준다. 그렇게 말해도 되는 자격.

## 26

사람들은 자기와 상관없는
사람에게는 늘 친절하다.

《도리언 그레이의 초상》 중에서

## 기이할 정도로
## 친절한 사람

　　친절은 오랫동안 미덕이었지만 현대에 들어서는 미덕을 넘어 필수불가결한 요소가 된 느낌이다. 친절은 필요충분조건이고, 일용할 양식이다. 가게나 음식점에 근무하면서 친절하지 않은 점원에게는 '신고'라는 형태의 철퇴가 떨어진다. 각박하고 까칠한 사회에 부비며 상처받은 이들은 "사랑합니다"를 외치는 서비스업 직원들의 영혼 없는 친절에 의지해 쉰다. 예전에는 친절함이 칭찬의 대상이었다면, 요즘에는 친절함이 디폴트값이고 친절하지 않은 것이 비난의 대상이 된다. 그만큼 사람들이 날이 서있기 때문 아닐까. 돈을 지불하면 살 수 있는 것처럼, 하다못해 맡겨놓은 것처럼 요구할 수 있는 것의 목록 첫 줄에 '친절'이 선다. 요즘 '친절'에는 절박한 냄새가 난다.

그래서일까. 오스카 와일드가 쓴 유려한 아첨의 편지를 읽다 보면 슬쩍 닭살이 돋지만 평화로운 기분이 든다. 오스카 와일드가 자기와 상관없는 사람에게 친절했는지는 알 수 없지만, 자신에게 도움이 될 것 같은 사람들에게 친절했다는 것은 확실하다. 그들은 파티장을 비롯한 다양한 사교의 장소에서 만나 서로에게 느긋하게 인맥을 걸쳤다. 그는 훌륭한 재담꾼으로 인기가 있었고, 그러면서도 독선적이지 않은 은근한 배려로 사람들에게 자리를 내주었다. 작가로서는 극단적인 평가를 받았지만, 사교계의 인기인으로서는 만장일치의 평가를 받았다. 목적이 무엇이었건 그의 친절은 강요받거나 기계적으로 생산된 것이 아니었다.

굳이 따지자면 나도 꽤 친절한 인간이다. 예전에 지인이 내 특징을 한 마디로 표현한 적이 있다. "기이할 정도로 친절해." 배려를 잘 하는 것도 아니고, 하고 싶은 말도 그다지 참지 않는 편이라고 생각해왔기 때문에 저 말은 내게는 '기이한' 것이었으나, 내 행동을 그리 해석해준다는 건 고마운 일이다. 그 뒤에 다른 사람에게 들은 말은 "상냥의 아이콘". 과분하지만 기쁘게 칭찬으로 받아들였다. 또 다른 사람은 내 '친절함'에 대해서 "여러 사람의 다양한 기질을 있는 그대로 봐주기 때문"이라는 나름의 해석을 내려주었다. 이 거 짓말 같은 칭찬은 진짜일까? 너무 잘 봐준 것 같지만, 역시 좋은 말이니까 군말 안 하고 덥석 믿었다.

나와 오스카 와일드의 차이는, 오스카 와일드가 자신 에게 도움이 될 만한 사람에게 주로 친절했다면 나는 그런 경계가 없다는 정도 아닐까 싶다. 굳이 따지자면 나는 오히 려 가까운 이들에게 불친절하다. 누군들 안 그렇겠는가. 아 이든, 남편이든, 부인이든, 부모든, 룸메이트든, 동거인이 든 매일 얼굴 맞대고 사는 사람과는 사소한 일로 감정 상할 일이 더 많다. 더구나 나는 인내력이 좋은 사람이 아니다. 다 행히 그토록 가까운 사람이 내게는 많지 않다. 같이 살지는 않지만 나와 꽤 친하고 빈번하게 만나는 친구는 진지하게 털 어놓았다. "나는 누군가 지구를 정복한다면 그건 너일 거라 고 생각해." 그는 내가 무섭다고 했다. 나는 화를 내면 지구 가 진동할 정도로 무서운 사람이지만 또한 한없이 너그럽고 친절할 수 있었다, 나와 떨어져 앉은 사람에게는.

얼굴 마주하고 세 마디 이상만 섞을라치면 서로 험 한 말을 퍼붓고 얼굴 붉히는 관계가 있다. 주변에 그런 사람이 있나 생각해보면, 가족이건 애인이건 친구건 꽤 가깝다는 공통점이 있다. 가까우니까 자세히 보이고, 가까우니까 거슬리는 것이 자꾸 보이고, 가까우니까 좀 예의 없이 말해도 받아줄 것 같고, 가까우니까 그것이 섭섭하고, 가까우니까……. 서로에 대한 애정은 어느 순간 서로를 할퀴는 핑계가 된다. 방금 잔돈 거슬러 주고 안녕히 가세요, 인사하는 편의점 직원의 마루에 양말이 돌아다닌다 해도 상관없지만, 같이 사는 사람에게는 이혼을 심각하게 고민할 정도의 단점이 될 수도 있다는 걸 우리는 자주 잊는다. 우리와 가까운 이의 단점은 사실 특별한 것이 아닐 텐데도 그렇다.

친절이란 좋은 것이다. 나와 상관없는 사람에게 베푸는 친절은 사회가 부드럽게 돌아가게 한다. 오스카 와일드처럼, 내게 도움이 될 듯한 사람에게 베푸는 친절은 인생이 잘 돌아가게 한다. 그러나 무엇보다 필요한 것은 가까운 이들에게 베푸는 친절일 것이다. 습관을 따라가는 것을 그만두고 마음먹고 각성해야 가능한 친절함이지만, 그 가치는 무엇보다 높다. 그 모든 이에게 친절할 수 있다면, 그야말로 천국에 가까운 게 아닐까.

## 27

예민함이란 자기 발에 난
티눈이 아플까 봐 늘 남의 발을
밟고 다니는 것이다.

《유별난 로켓 불꽃》 중에서

## 자기 몫의
## 고통

치과는 누구나 무서워하겠지만, 아마 내 공포는 최상
위 5퍼센트 안에 들 것이다. 비교할 수 있다면 말이다. 만약
치과에 갈 일이 생기면 자살해버리겠다고 심각하게 결심했
지만, 어마어마한 치통이 니를 급습했던 날 따져보니 자살하
기에는 할 일이 너무 많이 남아있었다. 현대의학이 나를 살
려줄 수 있을까. 치과에서 정신없이 이리저리 떠밀리다 보니
어느 틈엔가 신경치료도 끝났고, 기나긴 치료과정이 적힌 종
이와 상상을 초월한 청구서가 내 앞에 놓여있었다.

치료과정은 나도 고통스러웠지만 내 치과 선생님도
고통스러웠을 거다. 어느 날 내 비명과 신경질과 신음을 견
디던 선생님이 심각하게 말했다. "통증의 역치가 남보다 높

으시군요." 내가 알 수 없는 전문용어가 들어간 문장을 들으면 숙연해질 수밖에 없다. 내가 남들과는 다른 신체 구조를 가지고 있다는 것일까? 내가 다른 사람보다 고통에 더 예민하다는 객관적인 증거가 의학적으로 증명되었다는 건가? 그러나 그 순간 간호사가 "풉" 하고 웃었고, 나는 그 말이 "엄살 좀 작작 피워"의 순화버전임을 깨달았다.

나는 내 자신이 고통에 예민하다 보니, 남의 고통에도 예민하다고 생각해왔다. 다른 사람의 상처를 보기만 해도 가슴 깊은 곳이 실제로 찌르르 아팠다. 마치 통증이 전염된 듯이. 그렇지만 지금 생각해보면, 그럼에도 불구하고 내 고통이 다른 사람의 고통보다 클 것이라는 암묵적인 믿음이 깔려있었던 게 아닐까 싶다. 그렇지 않겠는가. 아무리 남의 고통을 이해한다고 해도, 실제로 내가 아픈 것과는 비교할 수 없으니. 내 통증이 살아 움직이는 고양이라면 남의 통증은 고양이가 토해놓은 헤어볼 정도의 존재감밖에 없다.

사실 고통은 계량화하거나 비교할 수 없다. 하지만 사람들은 고통에 순위 매기기를 좋아한다. 예를 들어 출산의 고통이나 치통처럼 명백한 고통을 놓고, 그보다 더 아프다 덜 아프다 하며 번호를 매긴다. 아무리 아파도 요로결석이 출산의 고통만 할까 싶지만, 요로결석에 걸린 이들에게는 그만한 고통이 없을 게다. '통풍'이라는 병명은 바람만 불어도 아프다 하여 지어진 것이라는데, 그 아픔의 정도가 어느 정도인지 도무지 상상이 되지 않는다. 하지만 문지방에 발가락을 찧었는데 그게 내 발가락이라면, 통풍의 고통 따위는 까마득한 저 아래에서 꼬물대는 엄살로 보이겠지.

고통받는 사람은 자신이 남보다 더 대우받을 자격이 있다고 생각한다. 사람들은 아파하는 사람을 보면 저절로 측은지심이 솟아오르는지 배려해주거나 위로해주거나 약과 밥을 챙겨주는 것을 아까워하지 않는다. 그러니 굳이 대우받을 자격을 내세우지 않더라도 주변의 관심과 애정을 한 몸에 받을 수는 있다. 문제는 그것에서 더 나아가 자신이 남을 괴롭혀도 된다는 자격이라도 발급받은 양 여기는 것이다. 자신의 고통을 일종의 자격증으로 삼는 사람들이 세상에는 의외로 많다.

세상의 행복에 총량이 있다면, 내가 불행한 만큼 누군가는 행복했다는 이야기도 가능하겠지. 그렇다면 고통스러운 만큼 내 행복을 누군가 빼앗아갔다는 가정이, 무리하지만 성립할 수는 있을 것이다. 그렇지만 세상의 행복에 과연 총량이 있을까? 오히려 인간의 역사는 불행한 사람이 많을수록 전체적으로 행복도가 떨어지고, 행복한 사람이 많을수록 다른 사람도 행복할 가능성이 높다는 사실을 보여준다. 나의 고통과 다른 사람의 삶은 내가 생각하는 방식과는 다른 방식으로 연결되어 있다. 그럼에도 불구하고, 마치 남에게 고통을 주면 내 고통이 줄어드는 것인 양 남의 사정에 눈길을 불태운다.

내 발에 티눈이 났다는 것이 남의 발을 밟아도 된다는 자격을 주는 것은 당연히 아니다. 그저 우리는 자기 몫의 고통을 견딜 권리와 의무만을 가지고 있을 뿐이다. 연민과 동정은 일종의 선물이다. 공감은 우리 모두가 함께 살아간다는 증거다. 각자의 고통은 비교 불가다. 내 고통이 내게 가장 크고 명확한 것처럼, 남에게는 그 자신만의 뚜렷하고 존재감 있는 고통이 있다는 것. 그것만 서로 인정한다면, 세상살이가 지금보다는 수월하지 않을까.

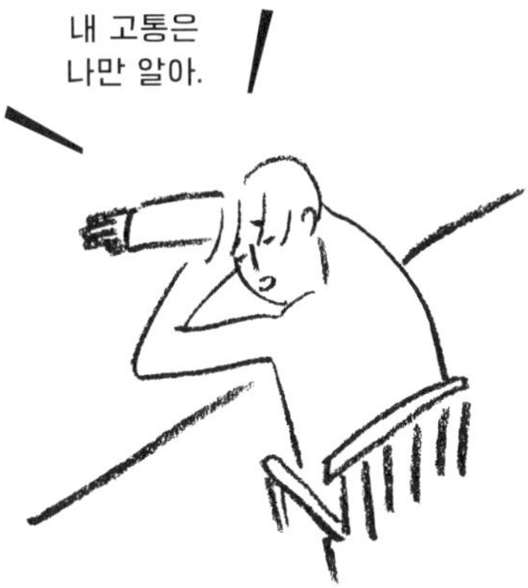
내 고통은
나만 알아.

## 28

사람들이 말하는 위선은
단지 인격을 높이는
하나의 방법일 뿐이다.

《예술가로서의 비평가》 중에서

## 위선의
## 장점

짧다고도 길다고도 할 수 없는 인생 동안 만났던 사람들을 돌아보면, 그들은 대체로 착했다. 내가 특별히 운이 좋았던 것은 아니다. 조금만 살아보면 안다. 사람들이란 다 같이 어울려 살 수밖에 없다는 걸. 그러기 위해서는 착할 필요가 있다는 걸. 착하다는 것은 타고난 심성에서 나오기도 하고 곳간에서 나오기도 하지만, 사실은 삶의 요령이기도 하다. 착한 얼굴을 한 사람들은 든든한 사슬을 이루고 사람으로 이루어진 안전한 그물망을 갖는다. 높은 확률로.

물론 나쁜 사람도 있다. 이 다양한 인간군상은 다양한 조합을 보여주니까. 수많은 경우들을 아주 거칠게 네 가지 타입으로 나눠볼 수 있을 것이다. 착하지만 짐짓 악당인

척하는 사람들을 우리는 "위악적이다"라고 말하고, 악하지만 착한 가면으로 본성을 감추는 이를 우리는 "위선적이다"라고 말하며, 악한 것을 도저히 감추지 못하는 이를 우리는 "악당"이라고 부른다. 그들과 수많은 착한 사람들은 함께 어울려 살고 있다.

사람들 대부분은 위악적인 사람보다 위선적인 사람을 더 못 참는다. 속을 알 수 없는 의뭉함, 언제 뒤통수칠 지 알 수 없는 불안함, 뭔가 바라는 것이 있는데 그게 뭔지 알 수 없는 답답함. 차라리 위악을 떨면 훤히 들여다보이기라도 하지. 같잖아하고 귀여워하기라도 하지. 위선자들은 그저 자신의 목적을 위해서 착해 보이는 전략을 구사할 뿐이니, 그 얄팍한 속내를 들여다볼라 치면 비위 상하기 십상이다. 더구나 진짜 착한 사람과 아닌 사람을 헷갈리게 하기까지 하니 이런 사회악이 있나! 믿고 덥썩 잡은 손을 슬며시 빼고, 이용가치가 없다고 생각하는 순간 등을 돌린다. 위선자들은 착한 사람들의 그물망의 썩은 매듭이다. 믿고 몸을 던졌다간 아래로 떨어질지니.

그렇지만 위선이 정말 위악보다 나쁠까? "저래도 뒤

끝은 없잖아", "알고 보면 사람은 좋아"라는 말을 방패 삼아 무례를 둔한 칼처럼 휘두르는 사람을 보고 있으면, 차라리 위선자가 낫다 싶다. 위선자들은 예의가 바르다. 폭력을 휘두르거나 거칠게 대하지 않고, 곱고 바른 말만 골라 쓴다. 그들은 종종 착한 일도 한다. 위악을 부리는 사람보다 더 잦은 빈도로.

한 위선자가 모종의 약삭빠른 계산 끝에 불우한 이웃을 위해 재산을 기증했다면, 그의 '위선'과 상관없이 그 돈은 좋은 일을 할 것이다. 돈 자체는 의도를 가리지 않는다. 위선자들은 다른 사람들과 적당한 거리를 유지할 줄 알고, 자신의 추한 꼴이 아무 데나 드러나지 않도록 신중하게 관리한다. 그가 정말 착한 사람은 아니라는 게 언젠가는 밝혀지겠지만, 그 전까지는 참 좋은 이웃이다. 그게 어딘가? 서로에게 민폐를 끼치지 않으려면 그런 '겉치레'도 필요하다. 그것이 서로의 충돌을 막고 피해를 예방한다.

오스카 와일드는 착한 사람은 아니었지만 그렇다고 나쁜 사람도 아니었다. 그는 위악을 떨지도 위선을 떨지도 않았지만, 위악적이었고 위선적이었다. 그는 자신을 온전히 내보이면서도 사랑받고 싶어 했고 사랑받을 수 있다고 믿었다. 사실이었다. 그는 사랑받았고 그 때문에 몰락했다. 그는 위악과 위선을 자유롭게 넘나들며 삶을 가지고 놀았지만, 그의 저글링이 성공적이었던 것만은 아니다. 단 한 가지만은 성공적이었다. 그는 수많은 다양한 사람들 속에서 오직 자신만이 묶일 수 있는, 유일무이한 '오스카 와일드 스타일'을 만들어냈으니까.

그는 위악을 비웃고 위선의 가치를 재발견해냈다. 많은 글을 써내며 우리가 섣불리 믿고 있는 가치에 흠집을 내고 묻혀진 가치를 발굴했다. 그는 완벽한 사람은 아니었지만, 완벽하리만큼 독창적인 사람이었다. 그의 예리한 눈 아래서 위선자들은 인격자들과 가까워지고 각각의 가치는 재조정되었다.

오스카 와일드처럼 살 수 없다면 혹은 살기 싫다면, 그가 우리에게 가르쳐준 대로 우리 모두 위선을 떨자. 착한 척을 하자. 제대로 된 인격자가 되려면 우선 흉내부터 내야 한다. 위선을 떨다 보면 어느 순간 인격적으로 더 나은 사람이 될 수 있다고 그는 말한다. 마음에서 우러나오는 행동만큼

이나, 행동하면서 거꾸로 물드는 마음도 있으니까. 인격자가
되지는 못한다 하더라도 적어도 폐는 끼치지 않을 테니까.

## 29

얼굴보다 가면이
더 많은 것을 말해준다.

〈펜, 연필, 그리고 독〉 중에서

## 가면이야말로
## 나다

내가 어렸을 때, 아직 여행의 묘미를 미처 깨닫지 못했던 그 시절에 선배는 처음 해외여행을 했던 경험을 이야기해주면서 꼭 여행을 떠나라고 강조했다. "그곳에서 만나는 사람들은 늘 내게 물어봐. 너는 누구니? 라고. 그런데 그 질문을 받으면, 정말 내가 누군지 궁금해져. 아마 사람들이 여행을 떠나 나를 찾아 돌아온다는 얘기가 그 얘기인 게 아닐까?" 선배의 말대로 여행의 효능 중 하나는 나 스스로를 발견하는 것이리라. 낯선 곳에 서있을 때 나라는 존재의 외곽선은 더 분명해지니까. 낯선 사람들 사이에서 내 존재는 더 도드라지니까.

그렇지만 내가 누구인지 궁금해지는 게 여행의 효과

라면 굳이 내게는 여행이 필요 없다. 나는 늘 궁금해했으니까. 나라는 사람에 대해서 누구보다 많이 알고 싶었던 이가 있다면, 그건 바로 나다. 가능하다면 나는 나를 부위별로 분류해 알아보고 싶다. 감정의 스펙트럼으로 늘어놓아 보고 싶다. 다면적 요소들을 메르카토르 도법으로 펼쳐보고 싶다. 양파처럼 겹겹이 싸인 껍질들을 견출지로 이름 붙여가며 분리해보고 싶다.

특히 표면에 드러나지 않는 내 민낯이 궁금하다. 나라는 인간은 내가 보기에도 알 수 없고, 남이 보는 내가 나라는 것을 믿을 수도 없다. 내가 정말 저런 인간일까? 혹은 좀 더 악하거나, 좀 더 나약하거나, 좀 더 부도덕한 인간은 아닐까? 급박한 상황에서 나도 모르는 반응이 나왔을 때 그것이 나의 본질인 게 아닐까 의심했고, 진짜 좋아하는 일을 만났을 때 비로소 나를 만났다고 안도했으며, 평소의 나와 다른 태도를 보였을 때 나답지 않다고 생각했다. 그럼 나다운 건 뭔데? 질문은 다시 원점으로 돌아가곤 했다.

이렇게 깊은 관심을 갖고 들여다봐도 잘 모르겠는데, 어쩌다 한 번 만나는 남들이 나를 더 잘 파악할 수 있을까?

그럴 리가. 사람들은 내가 나 자신에게 말할 때보다 더 쉽게 "너답지 않아"라고 말한다. 네가 생각하는 나다운 게 뭔데? 이 질문은 당연하게 따라 나오지만 소심하게도 입 밖에 내지 못했다. 귓등으로 흘려들으려 해도 잘 털어지지 않고 오랫동안 마음에 담겨있곤 했다. "나답지 않아", "나다운 게 뭔데"는 무한 뫼비우스 거울이다. 진정한 나와, 되고 싶은 나와, 보이고 싶은 나와, 보이는 내가 뒤죽박죽 섞인 자기검열의 거울이다.

한 가지 분명한 것은 지금 내가 밖으로 보여주는 것은 '가면'이라는 것이다. 가면은 어쩔 수 없이 쓰고 있는 것이기도 하고, 남들이 내게 강요한 것이기도 하다. 태어날 때의 민낯은 사회적 요구라는 바람을 맞으면서 점점 더 두꺼워지고 탄탄해져 이윽고 원래 얼굴과 분리할 수 없는 상태가 된다. 동시에 가면은 밖으로부터 나를 보호해준다. 이러한 가면을 나는 복합적인 감정을 갖고 바라본다. 내 것이지만 내 것이 아닌 것. 나를 가리고 나를 감추는 것. 내가 나를 만나지 못하게 하는 것. 동시에 나를 감싸 안고 보호하는 것.

하지만 가면을 얼굴에서 떼어낼 수 없다면, 그것은

내 얼굴이다. 처음부터 끝까지 수미일관하게 가식적이라면, 그것이 나라는 인간이다. 내 가면, 내 위선, 내 온갖 척을 도려내고 남는 '나'란 없다. 그것을 아는 데까지 오랜 시간이 걸렸다.

오스카 와일드는 그러한 깨달음에서 한 걸음 더 나아간다. 그는 가면이야말로 자신을 잘 보여준다고, 맨얼굴보다 더 많은 것을 말해준다고 말한다. 생각해보면 맞는 말이다. 관리하지 않은 무방비한 얼굴에는 어떤 의지도 들어가지 않지만, 내 가면은 내가 내 취향과 기준을 반영하여 만들어낸 것이기 때문이다. 알몸은 어떠한 취향도 드러내지 않지만 옷을 입으면 그 사람이 어떤 것을 좋아하는지 드러난다. 가면은 내가 오랜 시간 들여 만들어낸 '나'라는 작품이다. 사람들이 작가를 만났을 때보다 작품을 보았을 때 그 작가를 더 잘 이해하게 된다면, 마찬가지로 가면을 보면서 나를 더 잘 알게 되리라.

착한 척도 일생을 통해 계속된다면 그 사람은 착한 사람이다. 그 사람은 착하다는 것의 가치를 인정하고, 그것을 자기 것으로 하기 위해 노력하는 사람이다. 그리고 우리는 그런 것을 '착하다'고 말한다. 착하다 대신 어떤 가치를 넣어도 마찬가지다. 공들여 믿고 좋아하는 가치로 치장하는 것. '나는 이런 것을 귀중하다고 생각한다'며 문 앞에 내거는 것. 그러면서 나는 나를 만들어간다. 그렇다. 결국 나는 내가 만드는 것. 내가 만들어낸 나야말로 진정한 나다.

## 30

대중은 알 만한 가치가 있는 것을
제외한 모든 것을 알고자 하는
지칠 줄 모르는 호기심을 품고 있다.

《사회주의에서의 인간의 영혼》 중에서

## 우리가 알아야 할
## 모든 것은 이미

인터넷은 내게 새로운 세계였다. 처음에는 문화현장에서 일어나는 일을 취재하고 기사로 작성하는 웹진의 기자로 들어섰지만, 곧 시시콜콜하고 쓸모없는 정보들을 올리는 데 열 올리기 시작했다. 사소한 쇼핑이나 오늘 먹은 음식 따위는 곧 '라이프 스타일'이라는 이름 아래 정보적 가치를 가진 것으로 분류되었다. 온갖 글을 다 쓰고 올려봤지만 '시시콜콜하고 쓸모없는 정보'라고 이름 붙인 이 일상의 깨알 같은 팁만큼 유용한 정보들은 많지 않다고 생각한다.

매일매일 SNS를 둘러보면서 정보를 얻는다. 입술 각질이 심한 사람이 밤에 바르고 잘 만한 제품을 추천해놓은 글에 별표를 누르고, 새로운 라면 시식글을 주의해서 본 뒤

오픈마켓 검색창에 그 이름을 써넣는다. 맛집 정보도 즐겨 모아놓는 주제다. 가끔은 "지난번에 추천글 잔뜩 올라왔던 거기 별로더라"는 정보를 DM으로 주고받기도 한다. "와, 여기 어디예요?"라고 댓글로 물어보기도 하고, "나 블루투스 이어폰 사려는데 뭐가 좋아요?"라는 질문에 '#SNS지식인'이라는 태그를 달아 올려보기도 하고, "이것과 저것, 어느 쪽이 좋을까요? 둘 다 살까요?" 투표를 걸어보기도 한다. 이런 정보에는 사람들의 반응도 참 좋다. 생활이 조금 더 윤택해지는 데 유용한 정보들이기 때문이겠지. 아주 조금이라도 매일매일 쌓다 보면 알차게 살고 있다는 느낌이 뿌듯하게 밀려온다.

그러다 보니 '핑거프린세스', 일명 '핑프'가 문제되기도 한다. 검색해서 알 수 있는 일을 일단 물어보는 것이다. 친절한 답을 달아주는 사람들이 많다 보니 저절로 생겨난 현상이다. 어느 순간부터 꽤 미움받기 시작했지만, 사실 찾아보지 않고 그저 물어봐서 해결된다면 얼마나 편한가. 답하는 사람의 귀찮음만 모른 체한다면.

내가 핑프짓을 하지 말아야겠다고 조심하기 시작한

건 내 댓글에 핑프들이 출몰하면서부터였을 것이다. 그들은 애교가 넘치기도 하고, 맡겨놓은 걸 달라는 듯 뻔뻔하기도 했다. 지금 당장 더 자세한 사항을 메일로 보내달라는 사람이 있는가 하면, 위에 이미 말해놓은 것을 또 묻는 사람도 있다. "이미 위에 써놨는데요"라고 하면 "사람이 실수로 못 볼 수도 있지, 그렇다고 그렇게 면박을 주는 게 어딨냐"며 징징대기도 한다. 한 배우는 SNS에서 검색하면 알 수 있는 것을 물어보는 댓글에 차갑게 답했다 하여 시건방지다는 엄청난 비난을 받고 자필 사과문을 올리기도 했다고 한다. 그나마 내 경우엔 사과하라는 말을 듣지 않은 게 다행인 건가.

핑거프린세스는 이해가 되는데, 가끔 전혀 알 필요 없는 정보를 물어보는 댓글을 만나면 난감하다. 그걸 알아서 뭐하시게요? 소리가 저절로 나온다. 이름하야 '지칠 줄 모르는 호기심'이다. 그저 대화를 좀 나눠보자는 것일까? 심심한 걸까? 뭔가 오해가 있는 걸까? 그러다 오스카 와일드의 말에 납득하고 만다. 그렇지, 그것이 바로 대중의 심리인 게지.

오스카 와일드야말로 대중의 호기심 어린 눈앞에 스스로를 전시한 사람이었다. 그가 한창 인기를 얻었을 때는 뭘 입었는지, 뭘 먹었는지, 어디 갔는지, 손에 든 건 뭔지, 뭐라고 했는지, 그게 무슨 뜻인지 묻고 또 물었다. 그가 몰락할 때는 누구와 무슨 짓을 했는지, 어떤 심정이었는지, 왜 그랬는지, 그래서 뭐가 남았는지 캐고 또 캤다. 그는 가십의 왕자였다. 그는 그 모든 질문을 기껍게 받아들였고 은근히 즐기기도 했지만, 무조건 다 좋지는 않았을 것이다. 당연히. 그가 철저하게 추락하던 순간에는 더더욱.

인터넷에 접속할 때마다 느끼지만, 창을 여는 순간 수많은 정보가 물결쳐 들어온다. 늘 새로운 단어가 실시간 검색에 오르고, 어제의 화제는 더 이상 오늘의 화제가 되지 못한다. 사람들은 단기 기억상실증 환자가 된 듯하다. 새로운 정보를 집어넣으려면 조금이라도 낡은 정보는 재빨리 잊어버려야 할 테니까.

그리고 사람들은 끝없이 요구한다. 새 정보를, 더 많은 정보를, 더 구체적이고 자극적인 이야기를. 흥미로운 화제라는 당의정에 감싼 메시지들이 여기저기 출몰한다. 그러나 사람들이란 어찌나 똑똑한지 그중에서 가장 쓸모없는 정보를 족집게처럼 집어 든다. 저 수많은 정보 중에 알 만한 가

치가 있는 게 뭐가 있을까 궁금하다면, 쓰레기통을 뒤져보
시라. 그 안에 알뜰하게 모여있을 테니.

사실, 그래도 된다. 다른 사람을 귀찮게 하지 않고 다
른 사람의 사생활을 휘저어 놓지만 않는다면. 휘발성 정보
들이 한바탕 훑고 간 뒤에 결국 남는 것은 피가 되고 살이 될
테니까. '지칠 줄 모르는 호기심'이 있다면, 결국엔 삶의 진
실에 가닿게 될 테니까. 그렇지만 그 수많은 알 필요 없는 것
들을 거치려면 너무 오랜 시간이 걸리지 않을까. 버릴 건 버
리면서 가자. 오스카 와일드라면 그런 희망조차 비웃을 테
지만.

## 31

사랑이 없는 삶은 해가 들지 않아
모든 꽃이 시들어버린 정원과 같다.
사랑하고 사랑받고 있음을 아는 순간,
삶은 그 무엇과도 비교할 수 없이
따스하고 풍요로워진다.

대화 중에서

## 햇볕 속으로 걸어 들어가듯,
## 사랑 속으로

봄이 오고 제일 먼저 바뀌는 것은 햇볕이다. 겨울이라고 햇볕이 없었을 리는 없는데, 봄 햇볕의 충만한 존재감에 비하면 마치 촛불 같다. 훅 불면 꺼질 것 같다. 봄 햇볕 속에 서있으면 겨울의 기억이 그리도 보잘것없다. 봄을 일종의 마법으로 여기는 마음이 이해가 간다. 어떻게 이럴 수가 있을까? 해의 전구를 새것으로 바꿔 끼운 것도 아닐 텐데, 해는 말간 새 얼굴로 존재감을 정비한다. 그러니 꽃들이 그리도 찬란할밖에.

봄이 되면 여기저기 꽃구경 다니기 바쁘다. 벚꽃 북상 소식에 귀를 쫑긋 세우고 꽃 좋다는 동네를 점지해 기차표를 예매한다. 비행기를 타고 교토까지 날아갈 수 있다면 좋겠지만 여의치 않기도 하거니와, 살면서 가장 멋진 벚꽃을 보았던 곳이 어디인가 기억을 곰곰이 짚어보니 경주가 톡, 튀어나왔다. 경주에 살고 있는 이에게 게스트하우스를 추천받고 지도를 펴고 걸어 다닐 궁리를 한다. 꽃이 많다는 지역과 푸른 색이 많은 지역을 눈여겨본다.

　　그러나 불행히도 겨우 이틀간의 여행은 비와 강풍의 세례를 받았다. 꽃이 멋지다는 길은 이미 떨어진 벚꽃잎으로 뒤덮여 있었다. 간신히 구색은 갖춘 길을 걷고, 산책을 많이 하려던 계획을 틀어 박물관과 미술관을 돌아보기로 한다. 마음을 비운 덕인지 가는 곳마다 아직 남아있는 꽃의 흔적이 감동적이었다. 숨 막히게 흐드러진 꽃구경은 아니었지만, 책갈피마다 끼워져 있는 꽃잎을 발견하는 듯한 여행이었다고 스스로를 위안한다.

　　나름의 낭만은 있었지만 꽃구경이라고 하기에는 많이 모자란 여행을 마치고 동네로 돌아오니, 우리 집 뒷산이라 할 수 있는 남산에 벚꽃이 흐드러지게 피었다. 그러고 보니 꽃 필 즈음에는 남산으로 꽃구경하러 온다는 이들도 있었지. 나는 가까운 곳의 벚꽃을 놔두고 멀리 다녀온 셈이다. 그래도 동네를 오가며 보는 벚꽃과 기차 타고 멀리멀리 가서 보는 벚꽃이 같을 리는 없지. 어디 꽃만 보는 게 목적이던가. 꽃 핑계로 쉬고 맛있는 것 먹고 오려는 마음이 더 클 테니.

특별한 사랑을 원하는 마음도 그와 비슷한 게 아닐까. 사실 우리 삶은 갈피갈피 사랑이 스며있어서, 그 힘으로 매일의 일상이 두텁게 쌓인다. 겨울날 마루에 드리운 한 뼘 햇볕 같은 사랑, 봄날의 하루같이 찬란한 사랑, 아스팔트도 녹이는 여름 볕 같은 사랑, 보기만 해도 쓸쓸해지는 가을 햇살 같은 사랑이 시마다 철마다 흘러넘치듯 왔다가 흘러가 버린다. 어떤 사랑은 오래 머물고, 어떤 사랑은 할퀴듯 지나간다. 실연이라도 당하면 몸부림치며 사랑했던 걸 후회하면서도, 돌아서면 또 특별한 사랑을 내심 원하는 이상한 존재들이다. 우리들은.

그것은 아마도 마음속에 정원 하나 갖고 있기 때문일 것이다. 화분이라도 하나 키워본 사람은 안다. 물 한 방울, 햇볕 한 줌에 얼마나 생생하게 반응하는지. 시들었던 잎도 살아나고 맥없이 늘어졌던 꽃도 탱탱해진다. 어떤 종류의 사랑이든 와서 머물면 마음속의 정원이 부드럽게 살아나는 게 느껴진다. 그러다 꽃도 피고, 열매도 맺고, 줄기도 굵어지면서 더 웅숭깊어지는 것이겠지.

그러나 그 사랑이 꼭 특별한 사랑이어야 할까. 바람만 잘 막아놓으면 겨울 햇볕에도 꽃이 피는 게 인지상정인데. 물론 봄 햇볕에 폭발하듯 한꺼번에 피어나는 꽃의 기억은 다른 계절의 햇볕들을 시시하게 여기게 하지만, 과연 시시하기만 할까. 마음의 정원을 은근하게 비추는 오래된 사랑을 외면하거나, 자를 들이대 수치로 계산하고, 더 특별한 사랑을 위해 자리 비켜주기를 요구하면서 우리는 우리 마음의 정원을 오히려 방치한다. 그저 새로운 계절이 오기를 기다릴 뿐.

오스카 와일드가 더할 나위 없이 특별하게 사랑하고 그 때문에 몰락했던 앨프레드 더글러스를 만나기 전에 그는 이미 두 아이를 둔 아버지였다. 그가 콘스턴스 메리 와일드와 결혼한 이유가 진심에서 우러나온 사랑이었다는 것은 여러 기록으로 증명된다. 그는 자신이 구제불능의 사랑에 빠져있다고 고백했고, 그의 아내는 미칠 듯이 행복하다고 주변에 말하곤 했다. 두 아이, 시릴과 비비안에 대한 그의 사랑은 깊었다. 더글러스와의 사랑 때문에 감옥에 간 그는 아이들과 만날 권리를 빼앗겼는데, 그는 그것을 수감 생활과 전 인생을 통틀어 가장 끔찍했던 두 가지 사건 중의 하나로 꼽는다. 그럼에도 불구하고 그는 더글러스와 '특별한 사랑'에 빠져들어 결국 헤어 나오지 못했다. 그는 사랑의 봄을 맞이하려다가 열사의 지옥으로 굴러떨어졌다.

사랑을 받는다는 것은 특별한 일이지만 그것을 그저 기다리기만 할 일은 아니다. 꽃구경하러 과감하게 여행을 떠나는 것도 좋겠지만 내게 이미 있는 사랑을 은근하게 불 지펴놓는 것도 좋으리라. 습자지처럼 얇은 사랑의 층을 발굴하고, 건조한 페이지들 사이에서 꽃잎을 찾아내는 것도 좋을 것이다. 사랑하고 사랑받는 삶의 따스함을 우리는 이미 알고 있다. 우리는 까마득한 언젠가, 그 따뜻한 햇볕 속으로 통통하고 짧은 손가락을 내밀며 걸어 들어갔던 기억을 갖고 있으니까.

## 32

남들이 주워갈 걱정만 없으면
세상에는 내다 버릴 것 천지다.

《도리언 그래이의 초상》 중에서

## 남 주긴 아깝고
## 나 갖긴 싫다고?

"남들이 주워갈 걱정만 없으면 세상에는 내다 버릴 것 천지"라는 오스카 와일드의 말을 읽었을 때 내가 염두에 두었던 것은 나와 꼭 맞지 않고 자꾸만 덜거덕거렸던 구애인이었을 것이다. 충성심이나 정절의 이름으로 지키고는 있지만, 사실은 남에게 주기 싫어서 그저 꼭 붙들고 있었던 것. 연애가 꼬이는 이유는 백만 가지지만, 문제가 시원하게 해결되지 않는 이유 중 가장 큰 것은 '남 주긴 아깝고, 나 갖긴 싫은' 마음이다. 서로 잘 안 맞아 헤어지기는 해야겠는데 헤어진 후 그가 다른 사람과 사귈 것을 생각하면 속이 뒤틀린다. 장점 49, 단점 51의 근소한 차이인 경우는 말할 것도 없다. 세상에는 완전히 나쁜 것이나 완전히 좋은 것은 없으니 아무리 못마땅하더라도 장점이 없지 않기 마련인데, 하필이면 버리려고 할 때 제일 눈에 잘 띄는 이유는 뭘까.

　　연애뿐이 아니다. 한번 내 집으로 들어온 물건들은 버릴 때가 되면 새삼 매력을 퐁퐁 발산하는 듯하다. 옷만 해도 그렇다. 쇼핑이 취미인지라 잠시만 한눈팔면 옷이 삽으로 퍼내도 모자랄 정도로 쌓이는데, 가끔 가격표도 떼지 않은 옷이 옷장 속에서 발굴될 정도다. 돈 없고 시간 없을 때는 '옷장에서 쇼핑하기'를 한다. 처음 보는 마음에 드는 옷이 한 벌쯤은 나오니까. 이것이 가능할 지경이 되면 같은 비율로 생활은 엉망이 된다. 비장한 마음으로 옷장 정리를 결심하지 않을 수 없다.

　　옷 정리를 해본 사람은 안다. 사이즈가 애매한 옷은 살을 좀만 빼면 입을 수 있을 것 같고, 옷 태가 애매한 옷은 몇 번 입으면 몸에 맞게 붙을 것 같고, 디자인이 애매한 옷은 몇 년만 있으면 유행 탈 것 같고, 소재가 애매한 옷은 멀리서 보면 괜찮을 것 같다. 그래도 과감하게 마음을 접고 옷을 밀쳐놓으면, 남은 옷들을 착착 개서 넣으면 옷방도 시원해지고 마음도 시원해지기 마련이다. 옷 정리하길 잘 했어. 하지만 문제는 아직 끝나지 않았다.

내게 안 맞는 것일 뿐 옷 자체는 괜찮아 바로 쓰레기 통에 버리는 게 내키지 않는 게 다음 문제다. 옷 수거함에 넣자니 진짜 불우한 이웃에게 가는 게 아니라 개인의 배를 불릴 뿐이라는 흉흉한 소문이 돈다. 기부하려니 기부처를 알아보는 것도 쉽지 않다. 그렇다면 푼돈도 벌고 친구들도 즐거운 벼룩시장은 어떨까? 사진을 찍어 인터넷에 싼값에 올리니 당장 댓글이 달린다. "아니, 이렇게 예쁜 옷을 안 입고 왜 내놓으세요? 그냥 입으세요. 이런 스타일의 옷은 구하기도 쉽지 않아요." 마음이 마구 흔들린다. 어쩌지? 한 번 더 입어봐? 이렇게 '망함'의 도돌이표가 돌기 시작한다.

그 도돌이표에서 벗어날 방법을 모르는 것은 아니다. "예쁘다고 생각하면 가져가서 입어주세요" 하면 된다. 그것이 나도 행복하고 남도 행복한 길이다. 알고 있지만, 그렇게 해결되면 이것이 문제일 리 없다. 알면서도 움켜쥔 손을 놓기가 쉽지 않으니 어쩔까. 아무도 욕심내지 않는다면 얼마나 버리기 쉬울 것인가. 세상 누군가라도 좋아해주는 사람이 있다면 내놓기 더 쉬울 것 같은데, 막상 닥쳐보면 그렇지 않다. 그렇게 눈 질끈 감고 넘긴 옷을 그 사람이 아주 예쁘게 입고 나타난다면? 당연히 기뻐야 할 테지만, 그 기쁨 안에는 은근슬쩍 마가 끼어있다. 내가 헤어지자고 한 애인이 내 친구 손잡고 행복한 표정으로 나타난 것을 보는 것만큼이나 마음 구석이 불편해진다.

그래도 어쨌든 안 입는 옷은 처분해야 하고, 안 맞는 애인과는 헤어져야 한다. 내 삶의 공간은 내게 가장 좋은 것으로만 채워야 한다. 불만과 삐거덕거림을 대충 땜빵하고 달래가며 살아보라. 정작 내게 좋은 것이 들어올 자리가 없다. 고군분투하며 옷 정리해본 사람은 알 것이다. 가장 예쁜 옷으로 채울 자리를 만드는 것, 가장 좋은 사람을 위한 자리를 마련해 놓는 것. 그것이 내게 해줄 수 있는 가장 사치스러운 일이라는 것을. 그러기 위해 이미 버린 것에서 깔끔하게 미련을 잘라내는 것이야말로 삶의 가장 중요한 기술 중 하나가 아닐까.

그러니 남들이 주워갈 걱정 같은 건 하지 말자. 아니, 남들이 주워가면 다행이라고 생각하자. 이 세상의 물건과 사람들은 함께 포크댄스를 추고 있는 셈이다. 빙글빙글 돌고, 이 손을 놓으면 저 손을 잡는다. 웃고, 숨차 하고, 음악을 따라간다. 즐거운 일 아닌가. 우리 모두가 손에서 손으로

건네진다는 것. 물건이, 사람이, 돌고 돌아 더 좋은 인연에
게로 다가간다는 것. 내게는 맞지 않더라도 예쁜 것들은 결
국 어디서든 예쁠 거라는 것. 그와는 맞지 않았지만, 나 또한
그럴 거라는 것.

## 33

우리는 전부 악마이며
이 세상을 지옥으로 만든다.

《파두아의 공작부인》 중에서

## 사랑, 지옥을 만드는
## 필요충분조건

소설가 보르헤스는 말했다. 지옥은 장소가 아니라 상
태라고. 지옥은 어느 누구도 갔다가 돌아온 적 없는, 죽은 이
를 위해 마련된 환상의 공간이기만 한 것은 아니다. 지옥은
어디에나 있다. 가끔 내가 있는 이곳이 지옥처럼 느껴질 때
는, 생각한다. 혹시 내가 악마인 건 아닐까 하고. 누군가 나
를 끓는 기름 속으로 집어넣고 있는 것이 아니라, 내가 남의
옆구리를 삼지창으로 찌르고 있는 것은 아닐까. 찌르고 찔
리며 강강수월래 거대한 지옥을 만들고 있는 것은 아닐까.

세상 어느 곳, 이를테면 깊은 땅속이나 하늘 위에 지
옥과 천국이 따로 마련되어 있어서, 착한 일을 하면 천국으
로 솟아오르고 나쁜 일을 하면 지옥으로 떨어지는 것이라면

차라리 나을 수도 있다. 고통은 언제일지 모르는 시간 너머로 미뤄진다. 하지만 살다 보면 불행히도 바로 이곳이 지옥이구나, 실감할 때가 많다. 정확히 말하면 바로 이곳은 천국이 될 수도 있고 지옥이 될 수도 있다. 나 때문에. 그리고 내 주변 사람들 때문에.

잘 들여다보지는 않지만 가끔 포털사이트의 뉴스란이나 동호회 게시판에 들어갔다가 어맛, 뜨거라! 뛰쳐나올 때가 있다. 흉측한 댓글들 때문이다. 누군가에 대한 어처구니없는 증오를 이글이글 뿜어내는 글. 부정확한 정보로 애꿎은 사람을 비난하는 글. 어떻게든 해코지하고 싶은 마음을 감추지 못하는 글. 배설물에 가까운 글. 댓글란은 보지 않는 게 정신건강에 좋다는 조언이 힘을 얻는 걸 보면, 수많은 사람들이 댓글창이란 게 본질적으로 쓰레기통이라 인정하는 것 같다. 그러나 동시에 수많은 사람들이 댓글창에 글을 쓰며 지옥의 화염을 피워 올린다. 그중에는 내가 매일 웃으며 인사하는 내 이웃도 있을 수 있다는 것. 상상만으로도 괴로운 일이다.

그래도 그곳은 모니터 유리 저 너머에 있다. 컴퓨터

전원을 끄면 내게 없는 세상이 된다. 불필요한 상상은 할 필요 없다. 이글이글한 지옥은 가끔 티브이를 켜듯 켜서 관람하면 될 일이다. 문제는 바로 내 주변에 있는 사람이 그런 모습을 보일 때다.

얼굴을 맞대며 살아가는 우리는 얼마든지 서로를 지옥에 빠뜨릴 수 있다. 내 주변 사람들이 악마라면 내가 서있는 곳이 바로 지옥일 테니까. 그렇다면 우리의 하루는 악마에게 보고하고, 악마에게 야단맞고, 악마와 흥정하고, 악마와 밥 먹고, 악마에게 소리치고, 악마에게 멱살 잡히고, 악마를 피해 악마의 소굴로 기어 들어가는 일의 연속이겠지. 영원히 꺼지지 않는 불이나 무시무시할 정도로 뾰족한 가시가 잔뜩 박혀있는 침대가 없어도, 수치심으로 얼굴이 달아오르고 서있는 곳이 바늘방석인 일이 수시로 일어날 것이다. 밤에 이불 속에서 아무리 궁리해도 이곳을 벗어날 수 없는 삶. 쌓아놓은 죄가 있어야 간신히 도착할 수 있다고 알려진 그곳에서 우리는 살고 있는 것이다. 지옥은 장소가 아니라 상태라는 말의 뜻은, 그런 뜻이다.

가장 심대한 고통으로 소문난 무간지옥은 사랑하는

사람들 사이에 있다. 역설적이게도, 지옥은 사랑이 충만할 때 더욱 깊다. 일면식 없는 사람에게 찔릴 때보다 사랑하는 사람에게 찔릴 때 몇천 배나 더 아프다는 점에서 사랑은 고문을 위한 가장 효과적인 필요충분조건이다.

믿기 어렵다면 오스카 와일드를 보라. 그도 가장 사랑하던 사람이 악마의 얼굴을 한 순간 말 그대로 지옥에 떨어졌다. 사랑했기 때문에 그는 화려하고 행복한 생활에서 굴러떨어졌다. 오스카 와일드에게 악마는 누구였을까. 그의 기준에서 본다면 '전부'였을 수도 있지만, 그중에서 그를 가장 아프게 한 사람은 그가 가장 사랑한 사람이었을 것이다. 빅뱅처럼, 지옥이라는 우주는 그가 가장 사랑한 사람의 내부에서 터져 나왔다.

나도 누군가에게 악마였던 적이 있다. 그가 내가 정말 사랑했던 사람이라는 것이 나의 지옥이다. 내가 악마였던 순간 그가 지옥에 있었다면 그곳에 나도 있었다는 뜻. 가끔 생각한다. 우리가 사랑을 빙자하여, 사랑을 핑계로 만드는 지옥에 대해서. 무간지옥을 파 내려가는 따뜻하고 다정한 손에 대해서.

## 34

사랑은 사람을
성인(聖人)으로 만든다.
성인은 가장 큰 사랑을
받은 사람이다.

1897년 5월 28일,
로버트 로스에게 보낸 편지 중에서

## 사랑은 사람을,
## 사람은 사랑을

사랑은 사람을 성인으로 만들고, 사랑은 사람을 짐승으로 만들고, 사랑은 사람을 하나의 거대한 심장으로 만들고, 사랑은 사람을 영원히 페이지가 넘어가지 않는 앨범으로 만들고, 사랑은 사람을 순간에 머물게 하고, 사랑은 사람을 영원히 먼 곳에서 헤매게 하고, 사랑은 사람을, 사람은 사랑을…….

내가 사랑받고 있구나, 라는 실감이 들 때의 나는 평소의 나와 조금은 다른 사람이다. 상대방의 거울을 통해 나는 내게서 사랑스러운 구석을 발견한다. 내가 좋아할 만한 사람이라는 자신감은 나를 좋아할 만한 사람으로 만든다. 사랑받고 자라난 이들이 가지는 천진난만한 인간에 대한 믿음은 흉내 낼 수 없다. 그것은 오랜 시간 경험이 반복되면서 몸속에 각인된 것이기 때문이다.

사랑받는 사람은 그래서 좋은 사람이기 쉽다. 잘 베풀고, 남들의 장점도 잘 발견하며, 그러한 장점을 칭찬하고 가치를 인정해줄 줄 안다. 사랑받는 사람이 타인을 사랑하는 것은 비교적 수월하다. 어떠한 이해타산도 없이 남을 위해준다는 것이 가능하다는 것을 알 뿐더러, 어떻게 작동하는지도 아니까.

사랑받지 못하고 자란 사람이 사랑에 박하다는 것은 그래서 아이러니하다. 그들은 사랑을 받아보지 못했기 때문에 주는 법을 모르고, 끝내는 사랑을 받는 법조차 모른다. 그들에게 사랑은 미지의 나라의 화폐단위처럼 감 잡을 수 없는 세계일 뿐이다. 그 화폐가 없으면 차표 한 장 살 수 없는데도. 사랑하는 사람들은 꼬리에 꼬리를 문 기차와 같아서, 그 기차에 탑승하지 못하면 어디도 갈 수 없다. 철길이 사방팔방으로 뻗어 나간다 해도 기차에 타지 못하는 이들에게는 소용없다. 그들에게는 자유로이 뻗어가는 철길 틈새가 오히려 감옥이다.

그렇지만 사랑을 받고 주는 게 자연스러운 사람과 사랑을 받지 못해 사랑을 갈구하는 사람 사이의 담은 고정불변의 것이 아니다. 어느 순간 기적처럼 사랑이 오고, 오래 스며든 물이 바위를 쪼개듯 그렇게 사람을 쪼갠다. 쪼개진 사람은 자신 안에도 사랑이 흥건하다는 것을 깨닫는다. 모든 사랑이 순기능만 발휘하는 것은 아니지만, 많은 이들을 말랑말랑 부드럽게 만들어 사람들 사이의 이격을 메운다. 그렇지 않았다면 사람들은 서로에게 부딪쳐 끝도 없이 가루가 되어 사막을 이루었으리라.

그렇다면 그 사랑은 어디에서 오는 것일까. 누구에게나 아낌없이 사랑을 베푸는 큰 그릇, 사랑의 원천 같은 사람이 어딘가에 있다. 몇 개의 강을 키우는 산속의 샘처럼, 사람속에서 나왔지만 사람보다 더 큰 사랑을 품고 있는 사람이. 그들의 직업이 무엇이건 우리는 그들을 성인(聖人)이라고 부른다. 성인의 사랑은 경이로울 정도로 풍부해서 그들 앞에 선 사람은 저절로 무릎 꿇을 수밖에 없다. 그렇게 사랑은 종교가 된다.

평범한 일상을 특별한 순간으로 바꾸는 사랑의 힘.

아무리 작더라도 그 힘을 겪고 나면 누구나 깨닫는다. 사랑은 일종의 종교와 같다는 것을. 종교에서 말하는 모든 것이 결국은 사랑에 대한 이야기라는 것을. 사랑이란 우리에게 신의 세계를 보여주는 특별하고 유일무이한 감정인 셈이다.

오스카 와일드는 무한한 사랑을 베푸는 사람으로서의 성인을, 무한한 사랑을 받은 사람이라고 이해한다. 작은 사랑을 받은 사람도 사랑스러운 사람이 되는데, 가늠할 수 없는 큰 사랑을 받은 사람은 어떻게 될까. 그 자체가 터질 것 같은 사랑의 유기체가 되지 않을까. 희귀하지만 이 세계가 여전히 성인을 간직하고 있다는 것은 어딘가에 그러한 사랑의 원천이 있다는 것이리라. 세계 각지의 성인들은 와이파이 공유기처럼 그 사랑을 수신하고 전파하는 것이리라.

성인을 제조하는 비결과 가장 특별한 재료를 알았으니, 이제 우리에게는 사랑하는 법만 남았다. 성인을 만나고 싶다면 그저 사랑하면 된다. 대단히 많은 사랑을 받은 사람처럼 사랑하면 된다. 의심하거나 대가를 바라지 않고 사랑하면 된다. 그렇게 한다면 어느 순간 세상은 성인으로 가득 차지 않을까. 나의 얼굴을 한 성인으로.

사랑을 위하여!
치얼스!

## 35

운명의 여신은 인간이라는
고객과 거래를 결코 끊지 않는다.

《도리언 그레이의 초상》 중에서

운명과
'밀당' 하는 법

　　해가 바뀌기 전에 술이나 한잔하자는 선배의 연락에 단골 술집에 갔을 때는 이미 여러 사람들이 모여있었다. 그 중에는 처음 뵙는 분도 있었는데, 말을 나누면서 그분이 주역에 심취해있다는 걸 알게 되었다. 마침 토정비결의 시즌이기도 하지 않은가. 두어 명의 사주를 봐주는 걸 옆에서 구경하다가 초면에 염치 불고하고 내 사주를 들이밀었다. 친분도 없이 복채도 없이 들이미는 사주를 마뜩잖아 하셨지만, 이내 새해 내 운세를 조곤조곤 들려주셨다. 요약하자면, 대행운의 시대란다. 향후 30년간 대운이 펼쳐질 거라고. "이제 고생 끝났네." 그 한 마디에 술이 술술 들어갔다.

　　운명을 믿느냐고 묻는다면, 아마 안 믿는다고 대답하

겠지만 '대운'이라 하지 않는가. 이것만은 철석같이 믿기로 했다. 원래 아플 때도 플라시보 효과 덕을 꽤 보는 귀 얇은 인간이니, 대운이라 믿고 행동하면 실제로 운이 잘 풀리지 않을까 하는 마음이 내심 있는 거겠지. 운명의 여신이 있다면 노여워할 일이다. 비루한 인간이 자신의 결정에서 좋은 것만 골라 취사선택하겠다는 것 아닌가. 사주가 안 좋게 나왔다면 그깟 것 안 믿으면 그만이라 밀쳐버렸을 테니, 여러모로 여신님에 대한 대우가 형편없는 건 인정해야겠다.

그렇지만 사실 우리는 운명과 늘 적당히 타협을 하면서 살고 있다. 일이 잘 풀리면 내 실력 덕분이라며 잘난 척을 늘어놓고, 일이 잘 안 풀리면 운명 탓하며 제 실수를 인정하려 들지 않는다. 노력해도 잘 안되면 운명이겠거니 손을 탁 놓아버리고, 슬슬 상승세를 타나 싶으면 벌써 운명을 극복한 사람 코스프레를 한다. 다시 말해 잘되면 내 탓, 안되면 운명의 여신 탓이다. 말이 여신이지 제대로 된 대우를 받은 적이 까마득하실 게다.

전해 내려오는 신화에는 말 그대로 운명의 여신 앞에 납죽 엎드리는 개미같이 하찮은 인간들이 부지기수다. 인간의 모든 비극은 운명의 여신의 손아귀에서 쥐락펴락당했다. 아버지를 죽이고 어머니와 결혼하는 비극, 존속살해, 영원한 이별, 수천수만 명이 죽어나가는 전쟁의 소용돌이 속에 사람들은 폭풍 속의 종이배처럼 속수무책 흔들리다 침몰했다. 신화는 말한다. 운명과 타협은 불가능하다고. 우리의 미래는 절대불변이라고. 아직 도달하지 않았지만, 미래는 과거만큼이나 단단하고 명백하다고.

신화는 말한다. 우리가 아무리 마음을 고쳐먹고 새롭게 결심하더라도, 운명은 우리를 정해진 길로 끌어들인다고. 거절할 수도 거역할 수도 없다고. 우리에게 허락된 것은 그저 모든 일이 끝났을 때 "그건 운명이었어"라고 중얼거리는 것밖에는 없다고. 그렇지만 지금 우리가 살고 있는 시대는 신화의 시대와는 체감상 몇백 광년이나 멀다. 지금도 그럴까? 운명과 타협은 정말 불가능할까?

곰곰이 내 삶을 되짚어보면, 뜻밖의 결론을 만나게 된다. 그 모든 일을 만든 것은 나 자신이라는 결론. 운명의 여신에게 미루고 싶지만, 내가 어떻게 하느냐에 따라 내 앞의 모든 일들이 바로 그 즉시 바뀌어 왔다는 사실을 인정하지 않을 수 없다. 그렇다면 내 바람과 상관없이 닥쳐온 불행이나 실패도 내가 선택한 것이냐고? 보이든 보이지 않든 수없이 얽힌 상황 속에서 늘 좋은 판단을 할 수는 없었고, 또 내 행동이 어떤 영향을 미칠지 가늠하기는 어려웠지만 어쨌든 그 결과를 낳은 것은 내 행동이다. 내게 일어난 모든 사건의 방아쇠는 나 자신이다.

  오스카 와일드를 치명적인 몰락으로 끌고 간 재판은 아이러니컬하게도 그의 고소로 시작됐다. 앨프레드 더글러스 경의 아버지 퀸즈베리 후작이 오스카 와일드에게 '남색가'라고 지칭하는 쪽지를 보냈고, 오스카 와일드는 이에 분노하며 자신의 명예를 걸고 퀸즈베리 후작을 고소했다. 당시 그는 가장 빛나는 정점에 서있었지만 경제적으로는 형편없었다. 소송비용은커녕, 빚만 6천 파운드가 넘었다. 명예를 지키겠다고 공언하며 저지른 재판은 승산이 없었고, 고소를 취하했지만 곧바로 동성애와 미성년 성추행 혐의로 기소되어 가혹하게도 '중노동이 포함된 2년의 징역형'을 선고받았다. 연극 공연은 취소되었고 저서의 판매는 중단되었으며 가족에게도 버림받았다. 그는 모욕당했고, 야유받았다.

내 바람이나 예측과는 무관하게 일어난 일들을 운명이라 해두자. 어쩔 수 없는 순간이라는 건 있으니까. 그렇다 하더라도 운명의 여신은 우리에게 명령을 내릴 수 없다. 우리는 꼭두각시가 아니라 운명의 고객이니까. 끊임없이 협상하고, 조건을 바꾸고, 밀고 당겨가며 뚜벅뚜벅 살아간다. 현재를 지불하고 미래를 산다. 우리의 현재가 과거를 지불하고 산 것이듯. 그러니 우리는 운명을 여신 대하듯 할 것이 아니라 노회한 장사꾼 대하듯 해야 할 것이다. 조금이라도 유리한 위치를 차지하고 좋은 몫을 얻어내기 위해서 이 능수능란한 장사꾼과 매번 협상하고 거래해야 할 것이다.

## 36

훌륭한 만찬은 세상 어느 누구도,
하물며 자기 친척조차도
용서하게 만든다.

《하찮은 여인》 중에서

훌륭한
만찬 같은 삶

올해는 쉴까 했었다. 생일이야 매년 어김없이 돌아오지만 생일파티야 쉴 수도 있지. 파티를 하기에는 이사 간 집의 마루가 작아지기도 했고, 늘 오던 친구들이 결혼을 하고 인생의 변화를 맞으며 바빠지기도 했다. 서로의 존재가 기쁘다면 굳이 파티를 해서 축하할 필요가 있나, 연말연시라 그렇지 않아도 바쁠 텐데 하루쯤 쉬는 것도 좋지 않을까 했으나……,

"올해의 '사탄절'에는 뭘 먹을까요?"라며 말 건 친구 덕분에 빠르게 일정이 잡혔다. 머뭇거렸더니 "사탄절은 명절이잖아요"라며 옆에서 다른 친구가 거든다. 생각해보니, '사탄절'이라는 이상한 이름이 붙은 내 생일은 딱히 생일파티

라기보다, 매년 한 해를 잘 살았는지 얼굴도장 찍으며 먹부
림하는 날이다. 다들 자기 동네에서 맛있는 음식을 싸 와서
허리가 굽혀지지 않을 만큼 먹어대며 한 해를 잘 살아냈다는
걸 축하한다. 보통의 포트럭 파티가 일 인분씩 싸 와서 나눠
먹는 것이라면, '사탄절'에는 서른 명 온다면 한 명이 삼십
인분씩, 스무 명 온다면 한 명이 이십 인분씩, 통 크게도 싸
온다. 먹으면서 다음 순서엔 뭘 먹을까 궁리한다. 그러면서
도 수다를 떨 입이 남아있다니 신기한 일이다.

'사탄절'이라는 이름은 '(박)사 탄(신)절'의 약자이지만,
내가 주인공은 아니다. 주인공은 음식인 셈이다. 원래 모든
명절이 전을 부치고 제사음식을 마련하며 음식 준비로 시작
해 음식 처분으로 끝나지만, 사탄절은 좀 더 특별하다. 명절
이라면서도 조상을 생각하고 가족의 화목을 도모하는 등의
목적은 없다. 먹는 것이 목적이고, 수저를 놓으면서 끝난다.
먹다 지쳐 잠들고 일어나자마자 주섬주섬 탁자 위의 음식을
주워 먹으며 다음 날을 맞이하기도 한다. 처음 보는 사람들
끼리 오랜 친구처럼 둘러앉아 먹고 마시지만 그날을 마지막
으로 다시 볼 일이 없기도 하다. 가끔 뜻밖에 서로 아는 사람
들을 만나 "너희 어떻게 알아?" 물어보면 "사탄절날 만났잖

아요"라는 대답이 돌아오기도 한다. 그렇게 연애를 하는 커플도 생긴다. 이상한 사교의 장이다.

　덕분에 매해 느낀다. 훌륭한 만찬의 가치를. 맛있는 음식들이 보석처럼 빛나는 식탁 앞에 앉을 때 가슴은 기대로 터질 것 같다. 눈과 혀가 행복한 데다가 사랑받는 느낌까지 더해져 만찬의 시간은 한 편의 영화처럼 극적으로 흘러간다. 다 먹었다 싶은 순간에 짠 나타나는 새 음식은 더 이상 먹을 수 있느냐 없느냐와 상관없이 풍요로운 느낌이다. 만찬의 식탁에 둘러앉은 이들은 이 순간만큼은 애정으로 가득 찬 공동체의 일원이다. 내 음식으로 너를 먹이고 네 음식으로 내가 포만감을 느낀다. 이보다 더 훌륭한 공동체가 어디 있을까.

　오스카 와일드에게 만찬은 더욱 특별하다. 시인이었던 그의 어머니 제인 와일드는 더블린의 부촌인 메리언 스퀘어 1번지, 그중에서도 손꼽히는 크고 좋은 집에 살면서 만찬을 베풀기 좋아했다. 가정교사, 보모, 여섯 명의 하인들로 평소에도 북적이던 집은 토요일 오후마다 터질 듯이 붐볐다. 처음엔 조촐하게 몇 명 모이던 그녀의 저녁식사 자리는 백 명이 넘는 손님으로 넘치는 더블린 최초의 살롱이 되었다. 이후 런던으로 이사한 뒤에도 레이디 와일드의 살롱은 문전성시를 이루었다.

그와 그가 사랑한 사람들의 사이에는 늘 맛있는 음식이 있었다. 그를 파탄으로 밀어 넣은 악마같은 애인 더글라스를 맹비난하면서도 그는 둘이 함께 먹었던 음식들을 생각할 때 부드러워진다. 음식에 대한 묘사는 그가 갖는 감정과는 상관없이 눈앞에 선명하게 떠오르며 군침이 돌게 한다. 시칠리아의 구겨진 포도나무 앞에 싼 오르톨랑 요리가 무엇인지 몰라도, 짙은 호박빛의 호박향이 나는 샴페인을 상상하기 어려워도, 거북이 스프를 먹어본 적이 없어도 그가 회상하는 요리가 얼마나 호사스럽고 향기로우며 따스했을지 상상하는 것은 어렵지 않다. 음식을 묘사할 때 더욱 섬세해지고 화려해지는 그의 언변이 우리 눈앞과 혀끝에 펼쳐 보여주는 풍경과 대비되어 그의 몰락은 더더욱 슬프다.

맛있는 것을 먹고 배부른 순간만큼 너그러운 순간이 있을까? 그럴 때면 세상의 성인군자들이 모두 이해가 될 것 같다. 자신의 처지를 슬퍼하고 더글러스를 미워하는 그때에도, 같이 먹었던 음식을 떠올리는 순간은 그를 온화하게 누그러뜨렸을 것이다. 서로를 힘껏 사랑했던 시간을 떠올렸을 것이다. 맛있는 음식은 힘이 있다. 이 맛을 같이 즐기지 못하는 이들에 대한 연민이 차오르고, 흔쾌히 내가 가진 것들을 내줄 수 있을 것 같다. 이럴 때는 왠지 종교의 교리도 이해된다. 원수를 사랑하라고? 까짓 사랑하지 뭐. 그보다 더한 것도 할 수 있을 것 같다. 자기 친척을 용서하는 일조차도.

그러니, 삶의 매 순간을 만찬처럼 누려야 한다. 매 순간을 만찬으로 서로에게 차려줘야 한다. 그게 나도 행복하고, 다른 사람도 행복한 길이니까. 누구나 모든 사람에게 용서받는, 꿈같은 삶이니까. 사탄절은 겨우 하루지만 그날이 지나 서로의 집으로 돌아갈 때 우리는 인사 삼아 말한다. "다음에 또 맛있는 것 먹어요." 문자로 안부를 나눌 때도 말한다. "맛있는 것 먹고 싶으면 연락해요." 갓 구운 빵 사이에 두툼한 버터를 바르듯, 우리 사이에는 음식이 있다. 평화가 있다.

## 37

인생의 열쇠는
생뚱맞은 감정에
일절 휘말리지 않는 것이다.

《하찮은 여인》 중에서

## 인생의
## 열쇠

어젯밤에 친구에게 한소리 들었던 것 때문에 아침이
되어서도 영 기분이 개운하지 않다. 그러나 택배가 온다는
문자를 받고는 기분이 좋아진다. 일하는 내내 점심에 뭘 먹
을까 궁리해 고심 끝에 고른 가게가 문을 닫았다. 순간 마음
이 꾸겨진다. 저녁 약속시간이 다 되도록 일이 끝나지 않는
다. 부글부글 끓어오른다. 다행히 급하게 달린 덕분에 약속
시간 직전에 일이 맞게 끝난다. 부랴부랴 짐 싸는 마음이 날
아갈 것 같다. 하루에 일어나는 감정의 궤적은 나라고 딱히
특별한 게 아니다. 에피소드의 차이가 있을 뿐. 누구나 비슷
하지 않을까?

감정은 하루에도 수백 번 변한다. 수많은 감정선들이

교차하며 오묘한 무늬를 그린다. 그러다 어느 순간 생뚱맞은 감정이 끼어들면, 심할 때는 삶의 방향이 바뀌기도 한다. 사랑할 만한 사람을 알맞게 사랑하고, 미워할 만한 사람을 양념처럼 미워하고, 사소한 일에 분노하지 않고, 필요한 순간에 필요한 만큼의 감정을 꺼내 쓸 수 있다면 인생은 얼마나 쉬워질까. 내 마음 나도 몰라, 가 되지 않도록 잘 건사하고 다독이고 추슬러야 그나마 금 밟지 않고 나아갈 수 있으니, 내가 늘 채여 넘어지는 돌부리는 밖에 있는 게 아니라 대부분 내 안에 있다.

그러므로 인생의 비극은, 생뚱맞은 감정에 휩쓸리는 것에서 시작한다. 한밤중에 문득 이불을 차게 만드는 흑역사의 부끄러운 기억은 생뚱맞은 감정 때문에 만들어진다. 문득 감상에 빠져서 새벽 두 시에 전 애인에게 문자를 보내본 사람은 알 게다. 사소한 일로 분노가 치솟아 과하게 화를 낸 뒤, 어떻게 수습해야 하나 땀 흘려본 기억은 누구나 있지 않나? 생각지도 않았던 친구의 애인에게 불쑥 연심이 솟거나, 오랜 애인이 갑자기 짜증스러워지는 순간. 한때의 해프닝으로 끝나면 괜찮겠지만 그 순간 인생의 회로가 바뀌는 일도 적지 않으니, 그저 물가에 내놓은 애 지켜보듯 내 마음을 지켜볼 밖에 없다.

생뚱맞은 감정에 휘말리지 않는다면 인생은 얼마나 평화로울까. 서로에게 적당히 거리를 유지하면서도 친절한 삶. 생각만 해도 아름답다. 내가 한때 그렸던 '천국'은 그런 이미지였다. 좋아하는 사람에게 잘해주고, 싫어하는 사람에게 예의와 인내로 대하면 문제 될 것이 하나도 없을 텐데. 왜 불쑥불쑥 치오르는 알 수 없는 감정이 일을 망치도록 내버려두는 것일까. 왜 좋아하는 사람에게 상처 입히고 싫어하는 사람을 도발하는 짓을 하게 스스로를 내버려두는 것일까.

그러나 또 그 때문에 인생이 다채로워지기도 한다. 정신 차려보면 뜻밖의 장소에서 뜻밖의 사람과 함께 있기도 하는데, 그게 무조건 나쁜 것이라고 어떻게 말할 수 있을까. 그래도 인생의 어쩔 수 없는 변수를 받아들이기 버겁다면, 안정된 삶을 위협하기 싫다면 일절 휘말리지 않도록 마음을 단단히 눌러놓자. 우리의 인생은 헐겁고 가벼워서 늘 작은 감정의 동요에도 흔들리기 마련이니까.

## 38

신들은 참 이상해.
우리를 벌줄 때 우리의 악덕을
그 도구로 사용하는 것만으로는
부족한지, 우리 안의 선하고 다정하고
인간적이고 사랑스러운 것들을 이용해
우리를 파멸로 이끄니 말이야.

《심연으로부터》 중에서

## 가깝고도 먼 사이,
## 죄와 벌

　　나쁜 일이 생기면 늘 벌을 받나보다, 하고 생각했다. 딱히 내가 남보다 더 악당은 아니었지만 죄는 해변의 모래 알들만큼이나 많아서 어떤 벌이든 넉넉하게 지불할 수 있었다. 내가 당하는 불운에 해당할 만한 죄를 찾지 못해도 상관없었다. "네 죄를 네가 알렸다"라는 무소불위의 호통이 있으니까. 모르면 어떤가. 아직 저지르지 않은 죄를 땡겨 벌받는 거라 해도, 벌은 늘 합당해 보였다.

　　땡겨 받을 필요조차 없다. 전생의 죄, 선조의 죄, 이브의 죄⋯⋯, 차고 넘친다. 마치 죄보다 죄책감이 먼저였던 것처럼, 죄책감이 죄를 발명한 것처럼, 그렇게 나는 저지른 죄보다 더 단단한 죄책감에 눌려있었다. 그럴듯한 죄라고는 뒤져봐야 문구점에서 지우개 하나 훔친 것밖에 없는 나이일 때부터, 나는 언젠가 내 목덜미를 급습할 보이지 않는 벌에 전전긍긍했다. 마치 오감 이외에 또 다른 감각이 따로 있는 것처럼, 죄책감은 센서등처럼 꿈틀할 때마다 반짝, 켜졌다.

그러나 벌을 받아도 받아도 죄는 줄어들지 않았다. 벌은 죄를 탕감해주지 않아서, 벌을 받을수록 죄는 더 깊이 각인되었다. 탕감되지 않은 죄는 이자처럼 불어나고 거기에 새로운 죄가 매일매일 보충되었다. 감기에 걸리면 따뜻하게 입고 나가지 않은 죄. 야근을 하면 제때제때 일해두지 않은 죄. 몸살에 걸리면 평소 건강관리를 해두지 않은 죄. 얼굴이 부으면 밤에 라면을 먹은 죄. 살이 찌면 자기관리 못한 죄. 술병에 걸리면 술 많이 마신 죄, 배탈이 나면 그렇게 작작 좀 처먹은 죄. 실연당하면 사랑한 죄. 배신당하면 남을 믿은 죄. 부정적으로 생각한 죄, 너무 착한 죄, 낙천적인 죄, 우울한 죄, 감상적인 죄……

오스카 와일드는 사랑한 죄로 벌을 받았다. 그가 사랑한 이는 그를 사지로 떠밀었고, 사람들은 그가 사랑을 했다는 이유만으로 세상에서 가장 더러운 것을 봤다는 얼굴로 그를 감옥에 처넣었다. 그는 육체적인 형벌에 더해 그곳에서 자신의 사랑을 다시 되짚어보아야 하는 벌을 받았다. 하나의 사랑을 지키기 위해 수많은 사랑을 잃는 벌을 받았다. 그가 사랑을 외면했다면 그 또한 죄였겠지만, 사랑을 지키려 한 것은 더 큰 죄였다.

그렇지만 사랑이 죄일까? 모든 사랑은 죄가 아니라고 주장할 생각은 없다. 우리는 우리의 감정에 책임을 져야 한다. 그렇지만 우리에게 닥친 불행이 우리가 가장 선하고 깨끗할 때조차 가차 없었다는 점을 생각하면, 죄와 벌은 생각보다 밀접한 관계가 아닌 듯싶다.

다정한 이들이 다정하기 때문에, 동정심 강한 이들이 그 동정심 때문에, 선량한 이들이 자신의 선량함을 숨기지 못해서 당하는 일들을 보라. 동물을 구조하는 사람들은 고통받는 동물을 외면하지 못한 죄로 인생을 갈아 넣어야 하는 벌을 받고, 열렬한 구애를 받은 사람들은 그 사랑을 차마 내치지 못한 죄로 남은 평생을 학대 속에 살아야 하는 벌을 받으며, 인권에 예민한 사람들은 인권이 유린되는 현장을 계속 목격하고 증언해야 하는 벌을 받는다. 그런 일을 접할 때마다 벌은 신에 속해있는 것이 아니라, 오히려 악마에게 속해있는 것 아닐까 싶다. 매사에 냉정하고 잔인하라고, 상대가 누구든 너를 지키기 위해서는 날을 세우라고. 그러지 않으면 무방비하게 드러난 네 속살에 칼을 들이대겠다고 말하는 신이라니. 악마와 다른 점이 무엇일까.

그에 반해 악행을 저지른 자들은, 명백한 죄를 저지른 자들은 오히려 잘 빠져나가는 것처럼 보인다. 그들은 죄책감의 고통을 받지도 않고, 자신이 벌받는 것이 합당하다고 여기지도 않는다. 어쩌다 걸린 거라고, 재수 없었다고, 돈 많고 좋은 변호사 만나면 빠져나갈 수 있는 거라고 생각한다. 악행에 주어진 풍부한 보상과, 선행에 내리쳐진 작두 같은 형벌 사이의 인과관계. 연결되지 않거나 비틀려진 듯한 인과관계를 보며, 삶을 생각한다.

명상을 하면서 참회진언을 배웠다. 내가 의도했건 의도하지 않았건, 인식했건 인식하지 못했건, 알고 저질렀건 모르고 저질렀건 상관없이, 나로 인해 일어난 죄를 용서해 달라고, 입안에서 낯선 단어들을 굴리고 굴렸다. 직관적으로 이해할 수 없는 방식이지만 모든 것과 연결되어 정확하게

돌아가는 삶의 거대한 흐름에서 본다면, 죄와 벌이 직접 맞
닿아 있으리라 생각하는 것은 너무 거칠고 단순한 해석이 아
닐까. 벌이 없어도 죄는 짓지 않아야 하고, 세상의 많은 고통
은 벌이 아니다. 그저, 고통의 이유를 찾고 싶어 하는 의미
없는 캐물음이 삶을 좀 더 어렵게 만들고 좁게 가둘 뿐.

## 39

당신은 삶의 쾌락과 예술의 기쁨을
배우기 위해 나에게 왔지.
어쩌면 난 당신에게 그보다 훨씬
더 멋진 것을, 고통의 의미와
그 아름다움을 가르쳐주기 위해
선택된 사람인지도 몰라.

《심연으로부터》 중에서

## 내가 기대했던 것과,
## 내가 막상 받은 것

한눈에 반한다는 건 그런 것이다. 나와 눈이 마주치자 부드럽고 긴 흑발의 그는 스스럼없이 손을 내밀었다. 마치 나를 만나기 위해 살아왔다는 듯. 언제 올지 전혀 알 수 없지만, 오로지 나만을 기다리며 그곳에 있었다는 듯. 둥글게 뜬 눈에서 나는 너를 알아, 라는 메시지가 전해졌다. 나도 모르게 저절로 손이 나갔다. 그는 내 손 위에 자기 손을 얹고 힘을 꼭 주었다. 따뜻하고 탄력 있는 살갗의 느낌이 온몸으로 퍼져 들어왔다. 그때 그가 살짝 발톱을 내밀었다. 그 발톱의 의미를 순간 알았어야 했다. 요도크를 처음 만났던 그 순간에.

전 주인에게 버림받았다는 얘기를 듣고 동물병원에

서 요도크를 데려오기로 결정하기까지 채 10초가 걸리지 않았다. 집에는 다른 고양이들이 눈 시퍼렇게 뜨고 기다리고 있었지만, 다행히 우리에게는 갓 오픈한 사무실이 있었다. 그렇지만 갓 오픈한 사무실에 반짝반짝하는 주황색 새 가죽 소파를 막 들인 참이라는 것은 다행이라 하기 어려웠다. 그 소파는 이리저리 사무실 옮겨 다닐 때마다 우리를 따라다니다가 결국 옆구리가 터져서 버려졌다. 요도크가 그 귀여운 발톱으로 십수 년간 긁어댄 성과였다. 장하도다.

단 한 번도 고양이와 사는 걸 후회한 적은 없지만, 처음 생각했던 것과 많이 달랐던 건 사실이다. 생명을 돌보고 거둔다는 건 해보지 않고 상상하는 것만으론 알기 어렵다. 스틸사진과 동영상을 백만 개 본다고 알 수 있는 것도 아니다. 수많은 저지레와 수많은 걱정과 수많은 어이없음과 수많은 얄미움과 수많은 아픔과 수많은 당혹이 크고 작은 폭탄 터지듯 터진다. 나는 고양이를 키우면서 기대하고 상상했던 것보다 기대하지 않고 미처 상상도 못했던 것들을 더 많이 얻었다. 마지막 이별의 아픔조차 그랬다. 요도크는 내게 "고통의 의미와 그 아름다움을 가르쳐"주고 갔다. 마치 그것을 위해 내가 요도크를 선택했다는 듯이.

　내가 타인에게 매혹되었던 순간을 곰곰이 되짚어본다. 반짝하던 순간. 그가 열어주려는 문 저 너머를 얼핏 본 듯한 느낌. 그 안은 젖과 꿀이 흐르는 땅이었고, 지성과 예지가 번뜩이는 신전이었다. 그의 말들은 초대장과 같았다. 양피지에 금박으로 새긴, 내가 모르는 비밀을 간직하고 있는 듯한 문장들. 그 문장의 앞뒤와 행간은 내가 섣불리 짐작하기 어려울 정도로 까마득히 넓고 깊어 보였다. 나는 사람보다 세계에 끌렸다. 그 사람의 세계. 그 안에 발을 디디기만 해도 내게 지적 충만함과 생의 환희를 보장해줄 것 같은, 그런 세계 말이다.

　그러나 그런 사람은 없다. 오직 훌륭하기만 한 사람은 없다. 어느 한 사람을 받아들일 때, 우리는 전부 거부하거나 전부 받아들여야 한다. 예쁘게 싼 도시락에서 반찬 빼먹듯 내게 좋은 점만 쏙쏙 골라 가질 수는 없다는 것은 꽤 늦게 깨닫게 되는 진리다. 깊은 내상을 입고 나서야 비로소 깨닫게 되기도 한다.

　그러나 그 모든 결과를 이미 알고 있다고 해서 내가 그를, 그의 세계를 거부할 수 있을까? 고통과 상처만 남을 것이 분명하더라도 매혹당한 그 순간에 냉정하게 돌아설 수 있을까? 어쩌면 우리를 성장하게 하는 것은 쾌락과 기쁨이 아니라 고통의 아름다움일지도 모른다. 아니, 모든 것일 것이다. 그중 어떤 것을 멋지다고, 어떤 것을 아니라고 할 수 있을까. 그 사람이 통째로 내게 왔는데, 내가 내 모든 존재를 열어 그를 받아들였는데.

사람을 사랑하고 받아들이는 것보다, 고양이를 사랑하고 받아들이는 과정은 훨씬 전면적으로 이루어진다. 그들이 말을 하지 못하고 제 생명을 온전히 내게만 맡겨놓았기에 그렇지 않을까 싶다. 그들이 내게 주는 사랑이 무한하기 때문이기도 할 것이다. 계산도 없고 의도도 없고 콤플렉스도 없는 사랑. 그런 사랑을 받으면, 서로가 서로를 통째로 내주고 받는 일이 훨씬 쉬워진다. 그리고 그럴 때에야말로 그가 내게 주는 고통마저도 의미 있고 아름답게 여겨질 것이다. 쾌락과 기쁨만큼이나.

고통의 아름다움을
느껴보게!

## 40

형태면에서 인생은 엄청난 결함을
갖고 있다. 인생의 재앙은 엉뚱한
방식으로 엉뚱한 사람에게 발생한다.
인생의 희극에는 기괴한 공포가
존재하며, 인생의 비극은 웃음거리로
전락하는 식이다.

《예술가로서의 비평가》 중에서

# 인생, 엄청난 결함과
# 겸허 사이에서

시와 소설 쓰는 것을 배웠던 적이 있다. 그때 공부 방식은 자신이 쓴 작품을 둥그렇게 둘러앉은 사람들에게 공개하고, 그에 대한 사람들의 평을 듣는 것이었다. 누군가 전설처럼 내려오는 에피소드를 들려주었다. 한 학생이 소설을 발표했는데, 선생님이 비현실적이고 말이 안 된다며 혹평을 했다는 것이다. 그러자 학생은 울기 시작했고, 지어낸 것이 아니라 사실은 자기에게 일어난 실화임을 고백했다. 그러나 아무리 실제 있었던 일이라 하더라도 소설로 옮기는 것은 다른 문제다. 소설은 현실의 단순한 반영이 아니라, 치밀하게 재구성된 건축물이다. 소설에 비하면 현실은 비현실적인 것 투성이다. 비현실적인 현실을 현실적으로 보이도록 얼마나 잘 가다듬는가가 소설의 성패를 좌우한다.

현실이 얼마나 뒤죽박죽인지 생각해보면 소설이 과연 현실을 제대로 반영하고 있는지 회의하게 된다. 설명하려는 그 수많은 시도에도 불구하고 설명되지 않는 일들이 줄줄이 일어난다. 남을 납득시키기는 너무 어렵고 그보다 더 어려운 건 나를 납득시키는 것이다. 인생 어딘가 엄청난 결함이 있지 않고서야 그런 일들이 어떻게 벌어진단 말인가. 잘못 접속되거나 헛바퀴 도는 기계처럼, 인생은 뜬금없는 일들을 벌인다. 마치 누군가 장난치는 것처럼 보일 정도로 어이없이.

"웃고 있지만 눈물이 난다"는 노래가사는 짧지만 그 안에 인생의 많은 것을 담고 있다. 명쾌하게 정의 내리기 어려운 감정들은 그만큼 현실이 복잡하게 꼬여있다는 것을 반증한다. '애증'은 또 어떤가. 서로를 증오하는 사람들이 서로를 붙잡고 놓지 못한다. 서로를 사랑하는 사람들이 못 잡아먹어서 안달이다. 내 인생에서 절대적인 자리를 차지한 사람이 내 인생을 망친다. 인생의 구원은 아주 하찮은 데서 오기도 하고, 무시해도 좋을 만큼 사소한 일이 내 발목을 잡기도 한다.

　　이런 인생의 불가해함을 언제부터 알게 되는 것일까. 내 조카는 어렸을 때 똑똑하고 깜찍한 말을 해서 사람들이 놀라고 즐거워하면 울음을 터트렸다. 우리의 놀란 표정을 혼내는 것이라 착각한 것일 게다. 말에서 이면을 찾게 되는 건 언제부터일까. 칭찬이 아니라 비꼬는 것이라는 걸 알게 된 이후일까. 나는 어렸을 때 나를 괴롭히는 남자애에 대해 사람들이 하던 말을 이해할 수 없었다. "너를 좋아해서 그래." 좋아하면 때리고 꼬집고 물건을 숨기고 치마를 들춰도 된다는 말인가? 좋아하는 감정이 괴롭힘으로 나타난다고 생각하게 되면, 때리는 남편과 살게 되어도 그 모순을 인식하지 못한다. 때리고 나서 울면서 사랑한다고 말하는 순간이 호치키스처럼 사람을 관계 속에 박아 넣기도 한다는 것을, 애정이 누군가의 목을 조르기도 한다는 것을 알아가는 것. 인생은 시간을 들여 내게 그런 것들을 가르친다. 그런 것들을 가르칠 시간에 자신의 불합리를 수정하면 좋으련만.

　　그러나 또한 그러한 인생의 불가해함이 우리를 조금 더 살게 하는 것일지도 모르겠다. 굴러가는 법칙을 대충 알 나이가 되었다 싶었을 때 그럴 리 없지, 하며 터지는 사건사고들은 내가 여전히 인생을 잘 모른다는 것을 알려준다. 인생을 이해하기에는 우리 수명이 너무 짧아서 우리는 끝끝내 초보자로 생을 마감해야 할지도 모른다. 하지만 이 삐걱거리며 굴러가는 제멋대로의 세상을 그나마 이해하기 위해 좀 더 지혜로워지고 싶다는 욕망은 좀 더 살게 하고, 좀 더 깊게 보게 한다.

그가 말한 인생의 엄청난 결함은 마치 마트료시카 인형 같다. 희극 속의 공포, 비극 안의 웃음, 그 안에, 또 그 안에, 또 그 안에는 상반된 감정들이 차곡차곡 담겨있다. 희열 속에 불안이 담겨있음을, 절망 안에 기쁨이 숨어있음을 알게 되면, 인생은 칼로 자르듯 명쾌한 것이 아니라는 걸 알게 되면 무엇이 남을까. 우리가 인생의 초보자를 겨우 탈피했을 때쯤에는 한지로 접은 종이학처럼 겸허해지기는 할 것이다. 이기거나 이해할 수 없으면 겸허해지기라도 해야겠지.